胸を舐めながら、下を握りながら、服を剥ぎながら、
自分より高い体温に溺れてゆく。

最後に好きと言ってやる

Saigoni sukito itteyaru ; YŪ HIZAKI

火崎 勇

もえぎ文庫

最後に好きと言ってやる

contents

最後に好きと言ってやる

「すいません。ちょっといいですか？」

高校一年の夏だった。

制服の、白いシャツに黒のズボン。

中身の入っていないスポーツバッグを、肩からかけるように持ち、ファストフードの店に向かっていた路上。

振り向くと、カメラを下げた髭《ひげ》の男とメガネをかけた女が立っていた。

「私こういう者ですが、あなたどこかの事務所に所属《しょぞく》してますか？」

女の方が差し出したのは雑誌社の名刺《めいし》だった。

「街《まち》のカッコイイ男の子の写真撮《と》ってるんだけど、もしよかったら写真撮ってもいいかしら？掲載《けいさい》させていただければ多少のお礼が出るんだけど」

別にどうでもよかった。

雑誌に写真が載《の》る、ということに、当時の俺は意味を見い出さなかった。

なので素直に写真を撮らせ、謝礼《しゃれい》だと言って雑誌社のロゴの入ったエコバッグを貰《もら》い、後で雑誌を送るからと言われ連絡先を教えた。

きっかけは、それだけのことだった。

写真のことなどすぐに忘れ、貰ったエコバッグもすぐにどこかへやってしまった。

再びそのことを思い出したのは、一本の電話からだ。

『もしもし、君津《きみつ》さんのお宅でしょうか？　私シリウスの杉内《すぎうち》と申しますが、鳴海《なるみ》くんいらっしゃいますか？』

鳴海は俺だと言うと、相手は、雑誌に載った俺の写真を見た。失礼ながらどうしても気になってしまい、雑誌社から連絡先を聞いた。モデルをやってみる気はないか？　と言い出した。

モデル…。

そんなものに全く興味《きょうみ》はなかった。

だが心は大きく動いた。

俺は、親《おや》が嫌いだった。

代々教師というお堅《かた》い仕事の両親は、顔立ちが派手《はで》で、性格もキツく、うるさく言われるのが大嫌いという俺と毎日ケンカ。

だが俺が生活するためには『親』ってものが必要だし、高校ぐらいは出ておかないと生きて行くのに面倒《めんどう》臭いことになるだろうということぐらいは理解している。

だからじっと我慢《がまん》していたのだが、いつか家を出て一人で暮らしてやると思っていた。

そんな時のスカウト。

突然目の前に金が稼《かせ》げてヤバくない仕事が降ってきた。これがチャンスじゃなくて何だというのだ？

俺はすぐに親を説得し、俺を持て余していた親も相手がちゃんとした事務所だと知ると社長と会うことになった。

正直、ヤの付く自由業関係でなければどこでもいいと思っていたのだが、『シリウス』は思ったよりもちゃんとした会社で、社長の杉内という女性は偶然《ぐうぜん》にも俺の母親と同じ高校の出身だった。

同じ学校だってピンからキリまで生徒はいるだろうに、それだけで母親は社長を信用し、トントン拍子《びょうし》に話は進んだ。

ありがたいことに、『シリウス』は未成年には寮《りょう》のようなものがあり、門限はあるがアパートの一室を一人で使えるらしい。

取《と》り敢《あ》えず高校の学業だけは優先し、卒業させることを約束の一つに加えることで契約《けいやく》成立。

こうして俺、君津鳴海は、『鳴海』という名前でモデルとなった。

そして十年。

家を出るきっかけでしかなかったモデルの仕事は、今も俺の正業《せいぎょう》だった。


「だからどうしてあそこでスタイリストとケンカなんかするんですか」

用意させていたペットボトルのお茶は温《ぬる》くて不味《まず》かった。

「鳴海さん、聞いてるんですか?」

「茶、不味い。冷たいの買って来い」

「そんなの後でいいでしょう」

「お茶」

「お茶より仕事です!」

俺の九人目のマネージャーである浜田《はまだ》は、男のクセにヒステリックに喚《わめ》いた。

うるさい男だ。

「『パルマ』といえば一流誌ですよ? そこのスタイリストとケンカなんて、仕事干《ほ》されたらどうするんです」

「うるせぇな、そこを何とかすんのがお前の仕事だろ」

「あなたがそんなに非協力的なのに、あなたのためになんか働きたくないですよ」

「じゃあ辞《や》めろよ」

「はあ?」

「俺のために働きたくないんだろ。だったら辞めればいいだろう」

「…そうですか。わかりました。俺、おろさせてもらいます」

「社長には自分で言えよ。それと冷たいお茶」

「自分で買ってくればいいでしょ。俺はもうあなたのマネージャーじゃないんですから!」

それだけ言うと、浜田はそのままドアを閉める音を響《ひび》かせて控室《ひかえしつ》から出て行った。

「茶の一つも満足に用意できねぇクセに」

何にしても、マネージャーが何も言わずにいなくなったのだ。これで今日の仕事は終わりということだろう。

俺は社長に『マネージャーが辞めたので仕事がわかりません。自宅に戻ります』とメールして控室を出た。

「鳴海、もう帰るの？」

廊下《ろうか》に出ると、顔なじみの女のモデルが声をかけてくる。

「多分。俺の分の撮影《さつえい》があるとは聞いてない」

「あら、そうなの？」

「マネージャーがボイコットしちゃってさ。もし連絡ミスがあって仕事残ってたらメールして。ついでにこういう状況だったたって言っといて」

「いいわよ。その代わり、今度お茶してね」

「考えとく」

女のモデルは大抵《たいてい》俺に優しいとわかっているからの頼み事だ。

男は同業者でライバルだから、仕事のことは頼めない。だが女は下心…、じゃない俺への好意があるから仕事のことでも頼みを聞いてくれる。

言い訳もついたし、と安心して俺はスタジオを出てタクシーを拾《ひろ》った。

十代でモデルになった頃には、マネージャーなんて付いていなかった。

人気もなかったし、モデルっていうのはマネージャーが付かないものだそうだから、当然のことだった。

モデルなんて、ただカメラの前に立ってりゃいいだけじゃん、だからマネージャーなんて必要ないさとも思っていた。

だが、実際仕事をしてみると、思っていたのとは違っていた。

特に、『モデルなんて立ってるだけ』というのが。

確かに、最初の頃の読者モデルに毛が生《は》えた程度の仕事では、カメラマンの方が気を遣い、山ほどの褒《ほ》め言葉で俺をその気にさせた。

だがそんな時期はすぐに過ぎ、やがて言われるようになったのはキツイ言葉ばかり。

「鳴海くんさ、プロなんでしょ？」

「仮にも金取るならもう少しマシな仕事してよ」

物珍《ものめずら》しいだけの新人なら、ただ写っているだけでよかった。どうせ仕事もマネキンみたいに服が主役だったから。

けれど、『鳴海』を撮るようになると、オーダーされることも変わる。

着る服が高級になれば、求められる空気も高級になる。

モデルの仕事にプライドはなかったが、生来《せいらい》の気の強さから、『自分』に対してはプライドがあった。

どこにでも転がってる意味のない者、どうにも使えないクズみたいに扱われることは許せなかった。

そんな時に、テレビコマーシャルで、服を脱ぎながら海へ入ってゆくという仕事を受けた。

『俺』に来た仕事ではない。

顔のいい、背の高い、若い男が必要だった仕事で、候補《こうほ》として呼ばれたのは俺の他に二人もいた。

一人はガイジンで、多分そいつに決まるだろうとスタッフも言っていた。

大切なのは映像美としての雰囲気《ふんいき》だから、形が収まる人間なら誰でもいい。だったら、ガイジンのがカッコイイだろう、と。

撮影前にそれを聞いてしまった俺は、腹が立った。

ざけんじゃねぇよ、落ちるために無意味に冬の海なんか入ってられっか。

それまでなら、面倒臭いから後は決まったヤツがやればいいじゃないかと帰って来てしまうところだが、その時だけは面倒より負けん気が勝った。

海からの風が一番強い、一番寒い時間に、俺は『今やりたい』と手を上げた。

それが一番カッコよく映《うつ》るだろうとわかっていたから。

美的センスはあるのだ。

そして他の二人が膝《ひざ》までしか入らない海に、服を脱ぎながら胸まで浸《つ》かった。

これで落ちるなら、世の中デキレースだ。努力したって意味ないから、適当に仕事して、さっさと辞めてやる。

だが、俺は勝った。

選ばれたのは俺で、カメラマンもプロデューサーも絶賛《ぜっさん》してくれた。

俺としてはそれだけで満足だったのだが、コマーシャルがオンエアされると、あっという間に人気も出た。

それから全てが変わった。

俺自身、他人が出来ないことをやるのが好きになったし、仕事を真剣にやれば評価を得られる、自分が特別になれるということを知り、仕事に対するプライドも持つようになった。

せっかく上がった評価を下げたくなかった。

周囲の人間の扱いも変わった。

駆《か》け出しのガキが、一人前のモデルと認められたのだ。

更《さら》に、人気は俺にモデル以外の仕事も与えた。

ドラマだ。

もちろん、最初は話題作りだけのチョイ役だった。

だが最初の出来が悪くなく終わると、次が来た。

役者の仕事を始めると、撮影が遅れたり、メインの役者の都合に合わせたりと、スケジュールは大幅《おおはば》に乱れる。

そこで俺にマネージャーが付くようになったわけだ。

けれど元々あまり協調性ってものがなく、長く一人で仕事をこなしてきた俺にとって、大した仕事もせず俺に命令しようとするマネージャーという存在は、邪魔《じゃま》以外の何ものでもなかった。

取り敢えず最初は我慢して従っていたが、やがてすぐに俺の少ない忍耐力《にんたいりょく》は消えた。

無能な人間と仕事をする気はない。

「四番目の女のマネージャーは悪くなかったな…」

小太りでソバカスのある女だったが、気も付いたし、頭もいいし、俺を立ててくれるいいマネージャーだった。

だがいいヤツ過ぎて、二年で結婚して仕事を辞めてしまった。

残りの八人はみんなバカばっかりだ。

今回辞めた九人目も、バカだった。

マネージャーの仕事はクライアントの言うことをモデルに押し付けるのではなく、双方《そうほう》の間に入って調整することだろうが。

しかも時間の確認が曖昧《あいまい》、連絡も忘れる。そのことに対する言い訳だけは一人前。

「…思い出すだけでまたムカムカするぜ」

自分が一流になったから、人気があるからじゃない。

そういう意味の奢《おご》りが絶対ないとは言わないが、俺が働いてるんだから俺と一緒に働くヤツは同じくらい努力してくれなければ腹が立つのだ。

そこまで考えた時、車は目的地に到着した。

自分の稼ぎで手に入れたマンション。

料金を払って車を降りると、玄関《げんかん》に入る前に突然薄《うす》い紫と白で作られたバラの花束《はなたば》…、いや、バラの塊《かたまり》がよろよろと俺の目の前に飛び出してきた。

「あの…『鳴海』さんですよね？」

その花束が口をきく。

「だったら、何だ？」

「あの…、私、小林清流《こばやしせいる》と申します。あなたのファンです」

「ファン…？」

俺は思わず心の中で舌打ちした。

当たり前だが、住所は公表などしていない。なのに一般人にそれがバレたってことか。

「失礼なのは重々承知《じゅうじゅうしょうち》していますが、どうしても一度あなたにお会いしたくて…。よろしかったらこれを受け取ってください」

「紫のバラは珍しいな」

「でしょう？　本当は青いバラにしたかったんですけど、青バラだって言って売ってるのも紫色で、あまり綺麗《きれい》じゃなかったんです。だからこの色が一番鳴海さんに似合ってると思って選びました」

「…ふぅん」

淡《あわ》いラベンダー色というのは嫌いじゃない。しかも白が混じっているのがまたいい。紫だけでは重暗《おもくら》くなるのを、高貴《こうき》に仕上げている。

いい趣味《しゅみ》してるじゃないか。

「ありがとう。小林クン」

「いいえ、とんでもありません。喜んでいただけただけで…」

バラを受け取り、遮蔽物《しゃへいぶつ》がなくなったところで相手を見る。小柄《こがら》ながら可愛《かわい》い顔をしているじゃないか。

着ているスーツも身体にフィットして、上質のものらしい。

「こちらこそ、ありがとうございます。それではこれで失礼します」

「帰るの？」

「え…？」

いつもなら、家まで押しかけて来るようなファンはガン無視だった。他人の迷惑《めいわく》を顧《かえり》みないよ

うな人間は嫌いだから。

　でもバカなマネージャーのことでイラついていた気分を、このバラがよくしてくれた。そこらに売ってる花じゃなく、どう見ても奔走《ほんそう》して手に入れてきたものだったから。

　それに、こいつは厚かましくない。

　渡すものだけ渡して帰ろうという態度が気に入った。

「せっかく来たんだから、茶でも飲んでけば？」

「そんな、お部屋に上がらせていただくなんて…」

　ほら、ちゃんとわきまえがあるじゃないか。

「俺のファンなんだろ？　だったらコーヒーの一杯くらい付き合えよ」

　細い腕を掴《つか》んで、グッと引っ張る。

　小林は抵抗《ていこう》してるようだが、簡単に引っ張られてきた。

「あ、あの…」

　エレベーターに乗り込んでから手を離してやると、小林は恐縮《きょうしゅく》しながらエレベーターの隅《すみ》っこに立った。

「お前、幾《いく》つ？」

　面白《おもしろ》いな。小動物みたいだ。

「二十六です。鳴海さんより一つ下です」

「マジ？　大学生くらいかと思った。じゃ、働いてるわけ？」

「今は休職中です」

「ふぅん。降りるぞ」

「あ、はい」

しかも性格が素直なのか、強く命じると従ってしまう。

「ほら、これ持ってろ」

彼がくれた花束を渡し、部屋のカギを開ける。

「入れよ」

「あ、はい。失礼いたします」

深く頭を下げてから、彼はドアをくぐった。

やっぱり躾《しつけ》がいい。休職中だっていうのに、こんな花束を買えるんだから、いいトコの子なのかもな。

「その花買ったの、親の金？」

「とんでもない。自分のです。人様《ひとさま》に差し上げるものを自分以外の人のお金でなんか買いません。

それに…」

「それに？」

「両親はいないので…」

「亡くなったのか？」

「…はい」

それは可哀想《かわいそう》に。

俺は親なんかいらないってクチだが、誰もがそうだとは限らない。

ちょっと同情して頭を撫《な》でてやると、髪はとても柔《やわ》らかくて、触《さわ》り心地《ごこち》がよかった。

「亡くなったのはもうとうの昔なんです。それに、優しい伯父《おじ》夫婦に育ててもらいましたから」

「それでも大変なことは大変だろ？」

触り心地がいいから撫で続けていると、彼はそれを別の意味に取った。

「鳴海さんって、優しいんですね」

まあそう取られてもいいけど。

「コーヒー淹《い》れてやるから、そこに座れ」

「鳴海さんが淹れてくださるんですか？」

「他に誰がいるんだよ」

手にしていたバッグをソファに投げ、キッチンに向かう。

この部屋に他人が入るのは久しぶりだ。

俺はキッチンでコーヒーメーカーのスイッチを入れ、カップを取り出した。

「小林。何か喋《しゃべ》れ」

「は？」

「コーヒー淹れてる間、しーんとしてるの嫌だろ」

「あ、はい。素敵なお部屋ですね」

「どこが？」

「シンプルですけど、動線《どうせん》がすっきりしてますし、モノトーンで揃《そろ》えてあるのが鳴海さんらしくていいと思います」

淀《よど》まずに答えるところがいいな。お世辞《せじ》で言ったんじゃなく、本当にそう思ったって感じで。

「俺のどこが好きなの？」

「全部です」

「全部じゃ曖昧過ぎる」

「最初に目を惹《ひ》かれたのは、『クラッシング』という雑誌の写真でした。三年前です。冬物の特集で、ファー付きのレザーのジャケットを着た写真でした」

「そんなのあったかな」

「はい。凄《すご》くワイルドでカッコイイなって思いました。でも、次に見たのは素肌《すはだ》にファーコートを羽織《はお》って、頭からオーガンジーのベールを被《かぶ》って、中性的な写真でした」

「ああ、それは覚えてる。『カルナ』って雑誌のだろう。『ポール・キー』のファーコートだった。屋外《おくがい》だったから寒かったんだよな」

「はい。崖《がけ》の上でした」

そうだ。あの時、カメラマンが、もっと端《はし》に行けとうるさくて、あやうく崖から落ちるところだったのだ。

「それで、この人はどんな服でも着こなせる凄いモデルさんだなって思ったんです」

他人に褒められるのは気分がいい。

しかも作為《さくい》のない、純粋《じゅんすい》な褒め言葉は。

「そこからずっと出来る限りチェックしました。『ロマロ』の車のCMや、『ランスール』のポスターや。ネットに上がっていた動画で、古い映像も見ました。服を脱ぎながら海に入って行くCMのフィルムなんて、一過性《いっかせい》のCMで終わってしまうのがもったいないくらいでした」

キラキラとした目で俺を見上げる小林の態度に、浜田のバカのせいで落ちた気分がだんだんと上向いてきた。

できあがったコーヒーをカップに注《そそ》ぎ、キッチンに付いて来ていた小林に差し出す。

「自分の分は自分で持て」

「はい」

二人でカップを持ってリビングに戻り、ソファに座る。

隣《となり》へ座って来るかと思ったが、彼は行儀よくテーブルの向こう側へ座った。

「『夕方のテーブル』ってドラマも見ました、それから『愛子《あいこ》の島』も」

「どっちもチョイ役だ」

「出番が少なくても、存在感がありました」

こいつは、返事が早い。

何を言ってもすぐに返してくるというのは、迷いがないということだ。本当に俺が好きで堪《たま》らないってことなんだろう。

「『テープスペース』って映画は？」

「見ました！　車のヤツですよね。あれ、凄くカッコよかったです。鳴海さんって、八・五等身でしょう？　車の隣に立つと、走り屋っていうよりレーサーみたいで」

単館《たんかん》の、ちゃちな映画だった。撮ったのは随分《ずいぶん》前だ。

ＤＶＤは出てるが、タイトルからは中身の想像が出来ないものなので、即座《そくざ》に役柄を口に出来るということはちゃんと見てるということだろう。

「モデルの仕事も素晴らしいですけど、俳優《はいゆう》のお仕事ももっとおやりになればいいのに。動いてる鳴海さんも素敵です」

この程度の感想、俺のファンなら誰でも口にするだろう。

だが、直接ファンと話をする機会がないから、直《じか》に受け取る言葉は新鮮《しんせん》だった。

「今日もお仕事だったんですか？」

「ああ。『パルマ』誌の撮影だった。…スケジュール調べて待ってたんじゃないのか？」

「とんでもない」

「ストーカーなんだろ？」

「違います。…あ、いえ、そうなるのかも…。ごめんなさい」

「どこで住所調べた。ネットに出てたか？」

「いいえ。あの…、知り合いの知り合いが、マンションの名前を口にしたのを聞いて…。いえ、それはもう半年以上前のことなんですけど、どうしても一度だけ本人にお会いしたくなって…」

口の軽いヤツがいたもんだ。

辞めさせたマネージャーの一人か？

…マネージャーか。

「連絡するって言った時間に連絡して来ない人間のこと、どう思う？」

唐突《とうとつ》な俺の質問に、彼は戸惑《とまど》った。

「え？　それはお友達ですか？　仕事ですか？」

「仕事」

「それなら、注意すべきことだと思います」

「俺のこと、そんなに好きか？」

「当然です！　こんなならしからぬことをしてしまうのは、ただその気持ちだけで…。こうしてお会いできた上に、お部屋に入れていただいて、手ずから淹れていただいたコーヒーを口にできて、もう幸せで幸せで…」

「じゃあ、俺のマネージャーやってみないか?」

「…え?」

大きい目が、落ちるんじゃないかってほど更に大きく見開かれる。やっぱりこいつ面白いな。

「マ、マネージャーって、マネージャーさんですよね? あの、スケジュールとか管理して、鳴海さんのお世話する」

「そう。今日、今のマネージャーが辞めちゃって、困ってたんだよね」

別に困ってはいなかった。

新しいのはまた事務所で探してくるだろう。

だがどうせ仕事が出来ないのなら、自分が見て、側に置いて面白いヤツの方がいい。最初から無能だとわかっていれば怒りもしない。玩具《がんぐ》だと思えばいいのだから。

「困ってらっしゃるんですね…。わかりました。私でよければ頑張《がんば》ります」

「そう、よかった」

これで社長に、浜田が辞めたことに対して何か言われても、もう次を見つけてきたと言える。

こいつが使いものになるかならないかは、社長が決めればいいのだ。

「ウチの事務所の住所は知ってる?」

「いえ、でも調べればすぐにわかると思います」

「それじゃ、明日の午後一時に事務所で会おう」

「はい」

俺の言葉が、終わりの言葉だと察《さっ》したのだろう。

小林は手にしていたカップのコーヒーを綺麗に飲み干し、頭を深く下げると立ち上がった。

「本日はお時間とっていただき、ありがとうございました」

礼儀正しいな。

「それでは明日、伺《うかが》わせていただきます」

「ああ、待ってるから。じゃあな、小林クン」

取り敢えず、玄関までは送ってやった。

彼はそこでまた俺に頭を下げ、素直に帰っていった。

薄紫と白のバラか。

花を飾《かざ》るなんて、面倒であまりしないのだが、今日は気分がよかった。

バリバリとリボンとビニールを取ると、いつか誰かに貰ってそのままにしていたガラスのバケツみたいな花瓶《かびん》に突っ込み、リビングのテーブルに置く。

俺を認めてくれる言葉を、澱《よど》みなく聞かせ続けてくれた者の出現に気分は上々だった。

「風呂《ふろ》でも入るかな」

嫌なことはさっさと忘れ、俺は鼻歌まじりにバスルームへ向かった。

そして温かい湯に浸かり、ついでに小林のことも忘れてしまった。

いいファンが来た。

それだけの記憶《きおく》を残して。


「彫《ほ》りが深くて白い肌、柔らかい髪に精悍《せいかん》な眼差《まなざ》し。長い手足にすらっと高い背。鳴海、あなたは確かにモデルになるために生まれてきたような、うちの事務所で一番のモデルだわ」

いつも思うのだが、杉内社長の結《ゆ》い上げた頭は巻《ま》き貝《がい》みたいだ。

「事実、あなたがうちの稼《かせ》ぎ頭《がしら》でもあるから、大抵のことは大目に見てあげる。望みだって叶えてあげる」

若い頃、本人もモデルをやってたというだけあってスタイルはいいのだけれど、この髪形だけはいただけないといつも思う。

「でも九人、九人よ？　もういい加減あなたにつけるマネージャーなんて残ってないわよ」

それでツリ目眼鏡《めがね》をかけると、マンガに出て来るオールドミスの秘書のようだ。

「聞いてるの？　鳴海！」

「聞いてますよ」

「仕事は真面目《まじめ》にやるのに、どうしてマネージャーを嫌うのよ」

　メールで『すぐに出社しなさい』と呼び出され、社長室に入った途端《とたん》、俺は社長のお小言《こごと》を聞かされた。

「嫌いなわけじゃない。仕事をちゃんとするマネージャーなら大歓迎《だいかんげい》だ」

「浜田だって仕事はちゃんとしてたでしょう？」

「ちゃんと？」

　俺はせせら笑った。

「あいつがちゃんと仕事してるんなら、赤《あか》ん坊《ぼう》だって働き者だ。連絡しますと言った時間に連絡して来ない、仕事の予定を言わずにいきなり迎えに来る。人が仕事してる間にどっかにいなくなるし、冷たいお茶の一つも用意できない。そのクセ、俺は仕事してるけどアンタはカメラの前に突っ立ってチヤホヤされてるだけでいいなって顔をする。あんなの、いない方がよっぽど仕事がはかどる」

「でもテレビの仕事とか入るとマネージャー無しじゃ出来ないでしょう？　あなた一人で細《こま》かい調整が出来るの？　第一、寝坊《ねぼう》は？」

「…朝は弱いんだ」

「起こしてくれる人だって必要でしょう？」

「目覚ましをあと二個買う」

「そういう問題じゃないでしょう。大体…」

社長がその先を続けようとした時、ドアをノックする音が響いた。

社長は興奮《こうふん》して立ち上がりかけていたが、慌《あわ》てて座り直して「入りなさい」と返した。

「社長、鳴海さんに呼ばれたとおっしゃる方がいらしてるんですが…」

顔を覗《のぞ》かせたのは、事務員の女の子だった。

「鳴海に？　あなた、誰か呼んだの？」

その言葉を受けて社長の視線がこちらに向く。

「知らない」

「…お名前は？　どういう用件ですって？」

「小林さんとおっしゃる方です。何でも鳴海さんにマネージャーとして雇《やと》われたと…」

「あ」

そこまで言われて、俺は昨日のことを思い出した。

「鳴海、『あ』って何？」

「それ、俺が頼んだんだ」

「あなたが？」

「そうそう。昨日マンション戻ったら、ファンの子が立ってて、花束とか抱えてファンですって言うから、コーヒー出して…」

「ファン？　コーヒー？」

「話してたら礼儀は知ってるみたいだし、可愛くて面白いからマネージャーにならないかって」

「あなた何考えてるの！」

怒鳴った後、社長は空気の抜けた風船《ふうせん》みたいに長いタメ息をついて頭を抱えた。

「…お通しして。取り敢えず私からお断りするから」

「はい」

「断らなくたって、そいつにすればいいじゃん」

「何が『じゃん』ですか。ファンの女の子を付けるなんて、できるわけがないでしょう」

「女じゃないぜ」

「何ですって？」

「確か俺より一つ下の男だった。小さいけど、目がくるくる変わって面白いんだ」

「そんなもの、マネージャーの仕事に関係ありません」

「社長、イライラすると小ジワが増えますよ」

「鳴海！」

社長の一喝《いっかつ》が飛んだところで、またドアのノックが響いた。

「…入りなさい」

ドアが開き、さっきの事務員がまた顔を出す。

「小林様、ご案内しました」

彼女は中には入らず、代わって小林が押し出されるように入って来た。

そうそう、こいつ。

小さくって、目がデカくて、小動物みたいに落ち着きがないけれど、身なりや姿勢はしゃっきりしている。

「失礼いたします」

彼は礼儀正しく深々《ふかぶか》と挨拶《あいさつ》をすると、扉を閉めて俺の近くに立った。

「よう、小林クン」

と声をかけると、ぱあっと顔が明るく輝く。

この反応がいいんだよな。

「あなたが…、小林さん？」

「はい、小林清流と申します」

社長は上から下まで、小林を眺《なが》めてチェックした。

「うちの鳴海が変なことを申し上げたようですけど…」

「いいえ、とんでもない。私のような者がお役に立てるかどうかわかりませんが、突然マネージャーさんがお辞めになって困ってらっしゃると伺ったので、次の方が見つかるまでご助力《じょりょく》できましたら」

はきはきとした物言いと丁寧《ていねい》な言葉遣い。

眼鏡の端をちょっと持ち上げた社長の顔が、『あら』と意外そうな表情を浮かべる。

「では、短期間だということは納得済みですのね？」

「はい。大変なお仕事だと思いますので、私が勤《つと》め上げられるとは思っておりません。それに…、一応休職中ではありますが、私も仕事がありますので、長くは…」

「お仕事？　何をなさってるの？」

「…会社員です」

「失礼ですけど、どうして休職を？」

「長期の休暇《きゅうか》をもらったんです。今まで一度も取ってなかったので」

「ああ、そう」

小林の答えはいつも明快《めいかい》で、早い。

言い澱んだり考えたりする時間がないから、信用してしまう。社長もそうなのだろう。うさん臭いという目が少し和《やわ》らぐ。

それから社長は俺の方を見た。

「あなた、本当に彼でいいの？」

「ああ。使ってみてダメだったら替えればいいじゃん。次のマネージャー、いないんだろ？」

「…それはそうだけど」

「じゃ、いいじゃん」

俺の返事に、社長は長いタメ息をついた。

「わかったわ。あなたがそこまで言うなら、いいでしょう。まず一週間、使ってみます。でも、いいわね？　その間に問題を起こしたら鳴海の責任ということで、次のマネージャーに文句は言わせないわよ？」

「何で俺の責任なんだよ」

「私は反対したのにあなたが無理を通すんだから、当然でしょう」

「だってさ、小林」

俺は社長の言葉をそのまま小林に投げ渡した。

「はい。鳴海さんの迷惑《めいわく》にならないよう、会社にもご迷惑をかけないよう、頑張ります」

重大任務を請《う》け負《お》ったみたいに、彼はまた直立不動《ちょくりつふどう》になった。

…見かけによらず体育会系なのか？

「…いいわ。じゃあ小林さん。あなたは残って頂戴《ちょうだい》。仕事内容について説明するから。鳴海、あなたは応接室で待ってなさい」

「はい、はい」

お役御免《やくごめん》とばかりに、俺はさっさと社長室を出た。

社長にしてみれば、次が見つかるまでの繋《つな》ぎというか、俺が失態《しったい》を犯して文句を言わなくなることを狙《ねら》っているのだろう。

だがそんなこと。

問題が起きたら、社長に知られる前に俺がクビにしてしまえばいいだけだ。

どうでもいいのだ。

仕事は俺のものだから。俺がしっかりやればいい。他の連中は足を引っ張らなければそれだけでいい。

ファンなら、俺の邪魔はしないだろう。

だが…。

「一週間か…。もつかな？」

みんなが見ているのが、自分の偶像《ぐうぞう》であることは知っていた。

ファンと名乗る連中は写真の中、モニターの中の俺しか知らない。だがそんなものは、カメラマンやプロデューサーが作り上げた偶像だ。

プライベートの俺は口も悪いし、面倒臭がりだし、ワガママとも言われる。

あれも俺だが、これが俺。

今まで、ファンだったんですと言うマネージャーの何人かが、イメージと違うと言いながら態度を変えた。

小林は可愛いし柔順《じゅうじゅん》だが、いつまでその態度を保ち続けられるか…。

純粋ぽいだけに、夢破《やぶ》れるのも早いかも知れないな。

だがそれなら俺の失態じゃないから、ペナルティは付かないはずだから、それでもいい。

「暫《しばら》く遊べればＯＫだな」

小林に期待なんて、社長以上にしていなかった。

そう、これっぽっちも。

その日、社長との話し合いを終えた小林は、緊急《きんきゅう》で名刺を作らされ、電話の応対の仕方や業界の説明を受けた後、夕方からの俺のスタジオ撮影に付いて来た。

と言っても、あのバカ浜田付きで。

辞めさせてもらうと啖呵《たんか》を切った浜田は、もう新しく新人の女を担当することになっていたが、一日だけということで小林のために付いて来た。

俺とはもう話をしないつもりらしく、移動の車に乗ると、助手席に座った小林にだけ話しかけていた。

俺は後部座席でそれを聞くとはなしに聞いていたのだが、二人の会話は思わず笑ってしまうようなものだった。

「鳴海さんはワガママだから苦労すると思うよ」

後ろに俺がいるのに平気でそういうことを言うところが、元ではあれマネージャーとして失格なんだ。

「ワガママって、どういうところがですか？」

「お茶が温いとか冷たいとか…」

「ああ、それって大切ですよね。モデルさんって、強い照明《しょうめい》の前に立つわけですし。後で鳴海さんの好きなお茶の温度、教えてくださいね」

「服がアイロンかかってないとか」

「他人の目を気にする職業ですから、それは重要です。私服の方も任せていただけるんでしょうか？」

「え？　それは鳴海さんがいいって言えば…」

「是非《ぜひ》やりたいです」

「食事もすぐ不味いとか言うし」

「あ、私、料理得意です。好き嫌いのチェックも雑誌のインタビューで調べてあるから、大丈夫だと思います」

「寝汚《いぎたな》いし…」

「睡眠《すいみん》時間は調整しないとダメですね。足りなくても、多過ぎてもコンディションにかかわりますから」

「仕事にも文句つけるし」

「こだわりがあるんですね。やっぱり鳴海さん、プロだなぁ。それで、鳴海さんのワガママって何なんですか？」

「…う」

言葉に詰まった浜田の顔が、ルームミラーを覗かなくてもよくわかる。

小林が天然《てんねん》なだけに小気味《こきみ》よかった。

浜田、お前が不満だ、ワガママだと言ってることを小林は一つもそう思ってないんだぜ。いかにお前が勝手《かって》に反発してただけかってわかるだろう。

「…別に。君が一生懸命《いっしょうけんめい》やればいいんじゃない？」

最後に浜田がそう言って口を噤《つぐ》んでしまうと、よけい気持ちがよかった。

現場に入ってカメラ前に立った時も、そのご機嫌《きげん》が続いていたお蔭《かげ》で、カメラマンにも褒められた。

「鳴海、今日はいい顔してるね」

と言って。

その日は、その雑誌のグラビア一つだけしか仕事が入っていなかったので、彼の仕事ぶりというほどのものを見れなかったが、浜田をやり込めてくれたことだけでも小林を選んでよかったと思わせた。

だが…。

彼が本領《ほんりょう》を発揮《はっき》したのは、翌日からだった。

「おはようございます！」

ぬくぬくとしたベッドの中で、肌触りのいいフェザーケットにくるまっていい気持ちで眠っていた朝。

聞き馴《な》れない声と共に、身体を包んでいたフェザーケットが剥《は》ぎ取られる。

「…ん」

眠りの底に深く沈み込んでいた意識がゆっくりと覚醒《かくせい》してくる。

「…何だ？」

「おはようございます、鳴海さん。朝です」

フォーカスの合ってきた視界の中に、くりんとした目の得意げな顔が映る。

「小林…？」

「はい」

「何でお前がここにいるんだ…？」

「マネージャーですから、起こしに来ました」

「そうじゃない！　何で俺の部屋にいるのかって訊《き》いたんだ。カギがかかってただろう」

「はい。ですから、社長からお預かりした合鍵《あいかぎ》で開けて入って来ました」

…そうだった。

マネージャーには合鍵を渡してるんだった。

「元気がいいのはわかった。俺はもう少し寝る」

もう一度布団《ふとん》を被って寝ようとすると、フェザーケットが取り上げられる。

「ダメです。今起きないとご飯《はん》を食べる時間がなくなりますよ。今日はドラマの撮影で、朝が早いんですから」

「朝メシなんか牛乳だけでいい」

「ダメですって。撮影は長時間になるかも知れないから、しっかり食べないと」

「冷蔵庫の中は空《から》っぽだ」

「見ました。ですから、私が買って来て作りました」

「お前が？」

「はい。鳴海さんがパンがお好きだって聞いていたので、しらすのトーストとトマトのサラダにアスパラガスの冷製《れいせい》スープです」

「しらすのトースト…？」

「美味《おい》しいんですよ。私も先日友人に教えてもらったんですけど、カリカリに焼いたトーストにバターたっぷり塗《ぬ》って、しらすと味海苔《あじのり》を載せるんです」

…カリカリに焼いたトースト。

「厚切りか？」

と訊くと、小林はにこっと笑った。

「厚切りトーストがお好きなんですよね？　もちろん厚切りです」

いつもなら、絶対起きる時間ではなかった。

「早くしないと、トーストが冷たくなっちゃいますよ」

だがその言葉に負けた。

「…起きる」

さすがファンと言うだけのことはある。

俺の好みはちゃんとリサーチ済みなわけだ。

そういえば、そんなようなことを昨日車の中で言っていたっけ。

料理も得意だと言ってたが、どうやらそれも自称《じしょう》ではなく事実だったようだ。

「美味《うま》い…！」

引っ張られるように顔を洗わされ、ダイニングのテーブルに座って齧《かじ》ったしらすトーストはカリカリで美味かった。

しかも食べ易《やす》いようにトーストの部分には隠《かく》し包丁《ぼうちょう》も入っている。トマトのサラダは、トマト一個の中身をくりぬいて、マリネした薄切りタマネギが詰め込まれたもので、スープももちろん美味かった。

「お食事中に洋服の用意をしたいので、クローゼット開けてもいいですか？」

「ああ」

朝食をしっかり食べるなんて、何年ぶりだろう。

低血圧で起きるのが遅いし、料理なんかしないので、大体いつも牛乳か野菜ジュース程度を飲んで終わりにしていた。

一日の最初に食べる食事は仕事場の近くで外食、ということが殆《ほとん》どだった。

気分よく食事を終えると、上から下までコーディネイトされた服が待っていた。

これが、こいつがスタイリストだったら文句はない、というくらいセンスがいい。

襟元《えりもと》を加工したロングTシャツに、ルーズなニット使いのロングベスト。ボトムはタイトに締《し》めてソックスはナシ。

「お前、センスいいな。マネージャーよりスタイリストの方が合ってるかも」

「素材がいいからですよ。鳴海さんが着る服だと思うとイメージが湧《わ》くんです。本当にイマジネーションを刺激《しげき》するというか…」

夢見るような視線で語る彼が選んだ靴《くつ》は、先をカットした編《あ》み上げのブーツだった。

「じゃ、行きましょう」

「小林はスーツなのか？」

「だってマネージャーですから」

「センスがいいんだから、自分も飾れよ」

「でも、ただでさえ童顔《どうがん》なので、スーツを着てないと見学者に間違われてしまうかも…」

「それもそうだな」

車の運転は出来ないと言うので、そこだけは俺が運転手になって撮影が行われるテレビ局へ。

「すみません、すみません」

と小林は何度も謝ったが、車を走らせるのは好きなので、大義名分《たいぎめいぶん》が付いてハンドルが握《にぎ》れるのは嬉しかった。

美味しいものを食べて、気に入った服を着て、不機嫌になる者はいないだろう。

テレビ局に到着し、パスを貰って中に入ったら入ったで、スタッフからは意外そうに声をかけられた。

「鳴海さん、時間通りですね」

「時間通りじゃ悪いの？」

問い返すと、スタッフは慌てて否定した。

「いいえ、とんでもない。その…。わりとルーズだって聞いてたんで、少し早めの時間にしてたんですよ」

「あれは前のマネージャーがルーズだったんだ。今日から新しいのが付いたから、きっともう大丈夫」

そう言って小林の肩を抱いてにっこりと笑った。

「はい。絶対に遅刻《ちこく》なんてさせません」

責任を投げ渡したってわかってるんだか、わかっていないんだか、小林は胸を張って答えた。

「だから何かあったらこいつに言って」

「あ、はい。また随分若いのが…」

スタッフの目は、小林を子供扱いしていた。

「えっと、今日は鳴海さん一人のところだけ撮りますから、控室でお待ちください」

「はい。それじゃ、行きましょう。鳴海さん」

控室は、小さいながら個室だった。

やけに大きなカバンを持ってきたと思ったら、小林は部屋に入るなり俺の家にあったクッションを取り出した。

それをソファに置くと、同じくカバンの中からポットを取り出した。

「少し時間があるんでしたら、冷たいミルクティー持って来たんで飲みますか?」

「ミルクティー？」

「はい。いつもコーヒーをお飲みになってるみたいですが、今日はお芝居《しばい》なので、ミルクが入ったものの方が喉《のど》にいいと思いまして」

持参《じさん》したのはガラスのグラスだった。

「ペットボトルとか紙コップって味気《あじけ》ないでしょう？　美味しく飲むならガラスか陶器《とうき》がいいですよね」

それに注がれたミルクティーはキンキンに冷えていて美味かった。

前が酷過《ひどす》ぎたのか、こいつに意外とマネージャーの才能があったのか。いいじゃないか。

何から何まで、申し分なかった。

衣装を着替えて撮影に臨《のぞ》む。

出番は少ないが、ゴールデンタイムの連ドラとあって、用意されたスタジオは大きく、スタッフの数も多かった。

ファンということだから、もしかしてこういう雰囲気に浮かれて騒《さわ》ぎ出すのでは、と思ったが、そういうこともなかった。

スタジオの隅にじっと立って、小林が見ていたのは俺だけだ。

俺がスタッフと話している時にも、しゃしゃり出てくるようなことはない。

主役の女優が現れた時も、一瞬『あ』という顔はしたが、それだけだった。

拾いものだ。

正直これっぽっちも期待していなかったのだが、今までのマネージャーの中でもトップクラスと言ってやっていいだろう。

「この後、別室で雑誌の取材があります。これは私なりに纏《まと》めてきた今回のドラマの要点とアピールポイントです。必要ないかも知れないと思ったんですが、台本を読ませていただいたら、つい何か色々書いちゃって…」

撮影終わりに差し出されたメモまで完璧《かんぺき》だった。

出演者全員の名前とプロフィール、ドラマのあらすじ、ミステリーということでまだ話してはいけないポイント。

俺がやってる役柄についての解釈《かいしゃく》まで、タイプされた文字でキチンと書かれていた。

「俺、こういうの読まないいんだよね」

と言ってもガッカリするどころか、嬉しそうな顔をした。

「ですよね。やっぱり鳴海さんはご自分の感性を大切になさるから」

ここまでくると、頭に花でも咲いてるんじゃないかと思うほど、御目出度《おめでた》いヤツだ。

それでも、昨日といい、今日といい、小林が俺を気持ちよくしてくれることに変わりはなかった。

お蔭で、その日の撮影も順調だった。

サービスとして、仕事終わりにカフェに誘《さそ》うと、彼は喜んで付いてきた。

マンションの近くの古いカフェ。壁や棚を金網《かなあみ》で囲ってある、ちょっとハードな雰囲気の中、明らかに小林は浮いていた。

椅子《いす》に座ると、彼は辺りをキョロキョロと見回す。

「ここが鳴海さんの行きつけの店ですか？」

「そう。でも他に言うなよ。それとキョロキョロするな、みっともない」

「はい」

俺はコーヒーを頼んだが、彼はソーダを頼んだ。

「…お前、ひょっとしてコーヒー苦手《にがて》？」

「え？」

「俺が淹れてやった時も、暫く飲まなかったし、ポットで持ってきたのもミルクティーだったし、今もソーダだろ？」

「…はい。実は…苦くてダメで…」

「嫌いなら嫌いって言えよ」

「でも、鳴海さんが淹れてくれたコーヒーは別です」

「そんなに力説《りきせつ》しなくても、今度お前用にお茶《ちゃ》っ葉《ば》買っといてやるよ。日本茶と紅茶《こうちゃ》とどっちがいいんだ？」

「紅茶が…」

「じゃ、好きな紅茶買ってこい」

「はい」

『買っといてやる』が『買ってこい』になっても、彼はにこにこしていた。今買ってきてくれるって言ったじゃないですか、とも言わず。

「小林、俺といて楽しい？」

「はい。当然じゃないですか」

「俺が好きだから、何されてもいいわけ？」

「はい」

「…変なの。どうしてそこまで思えるわけ？　俺の何を知ってるわけでもないのに」

すると彼は穏《おだ》やかな表情で頷《うなず》いた。

その顔は少しだけ年相応《としそうおう》というか、今までより大人っぽい顔に見えた。

「その通りです。私は鳴海さん個人のことを、何も知りません。だから会いに来てしまったんです。写真や映像であなたを見てました。でもそれは『鳴海』の本質じゃない。その時々のクリエイターが作った虚像《きょぞう》です」

こいつ…、俺と同じことを。

「私はあなたが知りたい。あ、別にストーカーしたいわけじゃないですよ」

「ストーカーしたじゃん」

指摘《してき》すると、顔が赤くなる。

反応がいいところも好きだ。

「追い回したわけじゃありません。ただ待ってただけです。…でも不快な思いをさせていたらすみません」

「不快だったら部屋に呼ばないよ。俺はナルシストじゃないが、あの日は崇《あが》められて気分がよかった。褒められたい気分だったのかもな。で？　実際の俺はどう？」

「まだ何も。もっともっと知りたいです」

「幻滅《げんめつ》とかしないのか？」

「幻滅？」

俺はコーヒーをかき回した。

こういうことを訊くと、それを気にしているように思われるかも知れないが、流れだ。

「今までのマネージャーはみんなそう言ったぞ。あなたは俺の知ってる『鳴海』じゃないって」

「へえ、じゃあ私も早く私の知らない鳴海さんを見てみたいです」

「…変わったヤツ」

小林は、思っていたよりも内面の深い人間なのかも知れない。

外見は決してそうは見えないが…。

「明日は横浜《よこはま》で撮影ですね。車の移動時間を計算してお迎えに伺います」

「…明日の朝食は？」

「クロックムッシュでどうでしょう？　スープはカボチャにしようと思ってます」

「カボチャはやめろ。甘いの苦手なんだ」

「でもお菓子《かし》は食べますよね？」

「食事が甘いのは嫌いなんだ」

「覚えておきます。他に何か注文はありますか？」

「今朝のトマトは美味かった」

うまうまと、胃袋から操作《そうさ》されてる気もしないではないが、こいつのメシが美味いのは事実だから仕方ない。

「じゃ、また作ります。お弁当《べんとう》も希望があれば作りますよ」

「弁当？」

「はい」

「じゃ、明日作ってくれ」

「はい」

こいつに俺が操作されてるんじゃなく、俺がこいつを上手《うま》く使ってると思えばいい。

実際そうなのだから。

「今日のミルクティーも悪くなかった」

「明日はチャイにします」

主導権《しゅどうけん》は俺にあるのだから。


小林は、本当に見ていて飽《あ》きないヤツだった。

彼を側に置いて数日が過ぎると、マネージャーとして、意外なほどに有能であることを差し引いても、俺は彼が気に入ってしまった。

ファンというのに浮《うわ》ついたところはなく、必要以上に俺を偶像視しない。

なのに俺の言葉で一喜一憂《いっきいちゆう》するし、他の人間に流されるようなことを言わない。

毎朝、朝食のいい匂いと共に俺を起こし、遅刻させないように仕事に引っ張って行き、どうやら現場のスタッフにも礼儀正しくしているらしい。

的確な賛辞《さんじ》をいつでも与えてくれる。

だが何より驚いたのは、そんな『ちょっと有能な小動物』が、実は攻撃性《こうげきせい》もある齧歯類《げっしるい》だったということだ。

それを知ったのは、ドラマの撮影現場でのことだった。

ドラマはミステリーで、ストーリーは主人公が探偵《たんてい》となり、大きな殺人事件を追って、周囲の怪《あや》しい人物を探っていくというもの。

俺はその怪しい人物の一人で、バーのバーテンダーだった。

他にも、塾《じゅく》の講師《こうし》や、カフェの店員や、医師《いし》や、様々な人物が存在し、誰もがちょっと怪しい。

容疑者《ようぎしゃ》となる登場人物が多くいるということは、それだけ役者が多いというもの。

しかも若く、顔のいい男ばかりを揃えていた。つまり、似たような立場の連中だ。

その中に、若林一臣《わかばやしかずおみ》という男がいた。

若林は、俺より一つ年上で、経歴《けいれき》も似ていた。

俺はモデルから役者も齧るようになったが、若林は逆。売れない役者がモデルのバイトで日が当たり、役者に戻って来たタイプだ。

それだけに、役者というものに対してプライドが高く、似たような立場から何度か顔を合わせたことがあるのだが、その度につっかかってくる嫌なヤツだった。

モデル風情《ふぜい》がまともな演技が出来るわけがない、と。

今回のドラマにヤツの名前があった時は、嫌な予感がしていたのだ。

またあいつか。

どうせ顔を見たらまたネチネチ文句を言うんだろうな、と。

最初の撮影は俺が一人でバーで働いているシーンだけだったからよかったのだが、二度目の撮影の時に、ヤツと一緒になってしまった。

「何だ、また一緒か」

台本を見れば俺が出てるのはわかっていたはずなのに、若林はそう言って驚いた顔をした。

「好んで一緒になってるわけじゃない」

濃い顔立ちのこの男を見る度に、嫌な気分になる。

「バーテンダーの役？　立ってるだけで様になるから楽でいいな」

悪意というものは、簡単に察することが出来る。

今のセリフは、『立ってるだけで演技を必要としない役で楽そうだな』って意味だ。

「あんた、塾講師だろう？　生活感のある、お似合いの役じゃん」

だから俺も『あんたに合った貧乏《びんぼう》ったらしい役だな』と返す。

若林はちゃんとその意味に気づいて、引きつった笑顔を浮かべた。そして今度はオブラートに包んだ厭味《いやみ》ではなく、はっきりとケンカを仕掛けて来る。

「顔がいいだけで役を取ったヤツと一緒にフレームに収まりたくないもんだ」

「だったら降りればいいだろ」

「お前がな」

「俺はそういうヤツがいたって我慢出来るからな」

「演技の練習もしていないような人間が」

「練習しなきゃ出来ないヤツばかりとは限らないんだよ」

「減らず口だけは上手いもんだ」

「あんたは厭味も上手くないな」

控室ドアが並ぶ廊下。

偶然なのか通る人はいなかった。

「この間撮ったお前の演技を見たが、酷いもんだった」

「何だと？」

「あれが通ったってことは監督《かんとく》もお前に期待してないってことなんだろうな」

「お前に見る目がないってことじゃないの？」

「そうとしか思えないところが、お前の底の浅いところだな」

俺を怒らせてケンカさせようって魂胆《こんたん》が見え見えだった。

俺が食ってかかったら、『ガキだな』と返してくるつもりなのだ。

わかっていても、腹が立った。

だが、俺が怒る前に、背後から飛び出してきた小動物が若林に噛《か》み付いた。

「あなた、失礼ですよ」

俺も若林も、その突然の怒声《どせい》に視線をそちらへ向ける。

「先日の演技はあれでいいんです。鳴海さんはちゃんと役の解釈が出来ているから、抑《おさ》えた演技にしただけです」

「小林」

「いいですか？　まだ容疑者にもなっていない時にくどい演技をするようなことがあれば、そっちの方が全体を把握《はあく》してないってことになるんですよ？　全体のバランスを考えることが、一番大切なんです」

「止せ、小林」

　俺が名を呼んで止めると、若林が俺へ視線を移した。

「…誰？　これ？」

「俺のマネージャーだ」

「初めまして。鳴海さんのマネージャーの、小林と申します」

　憤懣《ふんまん》やる方ないという顔ながら、自己紹介して頭を下げる。こういうところが小林の礼儀正しいところだな。

「子供じゃん」

「子供ではありません。よく見てください」

「へえ、それでチビちゃんは何が言いたいんだ？」

「あなたのおっしゃりようが失礼だと言いたいんです。あなたは監督ではないのですから、ＯＫが出た演技に文句をつけるというのは、監督をも愚弄《ぐろう》する言葉です。第一鳴海さんは決して演技力が低いわけではありません。深い演技力を理解出来なかったのなら、出来なかったとご自分の洞察力《どうさつりょく》の無さをお認めになるべきで、他人を批判《ひはん》してはいけません」

若林はポカンとした顔をした。

当然だろう。

他人のマネージャーに叱られるなんて、あることじゃない。しかもそれがこんな小動物だったら尚更《なおさら》だろう。

「もういい。行くぞ、小林」

「でも…」

「いいから来い」

俺は小林の肩を抱き、自分の控室へ入った。

そして、ドアを閉めた途端、ゲラゲラと笑った。

「鳴海さん?」

「見たか? あいつの顔。お前に叱られて意味がわからんって顔してただろう」

「だって、あんまり失礼なこと言うから…。あの人の理論《りろん》だと、顔がいいと演技が出来ないとか、モデルだと演技が出来ないってことになるじゃないですか。でもそんなこと、絶対ありません」

小林はまだ怒っていた。

いつもなら俺がもっと酷い言葉で怒りを口にするのだが、彼のその勢いに圧《お》されてしまう。

「モデルというのは、身振りも手振りもセリフもないままで演技をするんです。与えられた服のイメージを、極端《きょくたん》に短い時間の中で観客に伝えるんです。豪華《ごうか》な服を着れば豪華な人に、ラフな服を着ればラフな人に。鳴海さんはそれが出来る人です」

小林は自分のことのように胸を張った。

「どの写真を見ても、映像を見ても、鳴海さんは同じイメージで映っていたことはありませんでした。大袈裟《おおげさ》にすればいいというのは舞台役者の人の考えです」

「…あいつは劇団出身なんだ」

「ああ、やっぱり。でもテレビのフレームでは顔の演技が中心ですから、もっと抑えた演技の方がいいと思います。鳴海さん」

小林はキッとした目で俺を見上げた。

「頑張ってください。鳴海さんが演技が上手いって、ちゃんと見せてやってください」

あんまり褒められると、ちょっとからかいたくなる。

「俺は大根《だいこん》かもよ？」

そう思ってたわけじゃないが、俺が弱気なことを言ったらどうするかと思って口にしたセリフに、小林は奮起《ふんき》した。

「とんでもない！　そんな謙《けん》そんなんかなさらなくても結構です。最高の演技をして、あの男を黙《だま》らせてやりましょう！」

「え?」

「今日は主役の探偵との絡《から》みでしたね。台本からすると監督が求めるのはミステリアスで美しいバーテンダーだと思います。それなら得意じゃないですか。鳴海さんの実力、見せましょう!」

「あ…いや…」

「大丈夫、鳴海さんなら出来ます」

真っすぐな目で見つめられて、出来ないとは言えなかった。

「ああ…、まあ頑張るよ」

「はい!」

拳《こぶし》を握ってガッツポーズを取りながら、彼は俺を見つめた。

その日の撮影は大したシーンではなかった。

小林が言ったように、主役の探偵が、犯行現場の近くにある俺のバーに来て、事件の話をすると、俺がそれに反応して、言葉遊びのように探偵をからかうというシーンだった。

台本はまだ最後まで渡されておらず、誰が犯人か出演者もわかっていないという状況での演技だった。

若林の吟味《ぎんみ》するような視線はいつものことなので無視できたが、期待と信頼で真っすぐに見つめる小林の視線は無視しきれなかった。

バーのセットのカウンターで喋る探偵と警官《けいかん》。

それまで話を聞いているだけだったバーテンダーの俺が口を挟《はさ》む。

「『違うかも知れませんよ』」

小さな声で言ったその一言に、探偵が気づいて身を乗り出す。

「『それどういうことですか？』」

「『さあ？　私は思ったことを口にしただけですから』」

そこで俺はおどけて見せるつもりだった。

話をはぐらかすように、肩を竦《すく》めて。

だが小林の言葉に触発されて、グラスを磨《みが》きながら視線を外し、写真ならばシャッターチャンスとなるであろうポーズと表情を作る。

「カット！」

そこで監督のカットの声がかかった。

台本だとカメラはもう少し長く回るはずだったのに。小林の言葉に乗って失敗したか？

だがそうではなかった。

「いいね、凄くいいよ。凄く雰囲気があった」

貰ったのは、最初の時には聞けなかった言葉だった。

「ラストは君のアップで撮るから」

監督は立ち上がると、更に指示を加えた。

「この後枝島《えだじま》くんが店を出て行くのを見送るシーン、追加しよう。枝島くんの背中に向けて『またどうぞ』と言って、今みたいにちょっと含《ふく》みのある顔してくれ」

撮影シーンの追加。

しかも一言とはいえセリフ付きで。

「カメラ、最後に鳴海くんのアップ撮れよ。鳴海くん、見送った後に冷たい笑いを浮かべてくれ、カメラで押さえるから」

「はい」

その時、俺は見た。

いつも俺だけを見ていた小林の視線が、若林に向けられ、『どうだ』という顔をするのを。

どうやら小林は俺が思っているより闘争心《とうそうしん》があるらしい。

若林の言葉に怒るのは俺のはずだった。今の表情をするのは俺のはずだった。だが、それをすればガキっぽいということもわかっていた。

その全てを、小林がやってくれたのだ。

「監督に呼ばれて、少し撮影シーンが増えるかも知れないって言われました。スケジュールがタイトになりますけど、いいですよね？」

帰りの車の中、小林が意気揚々《いきようよう》と報告するのを聞きながら、本当にこいつは俺の気分を良くさせる才能があると微笑《わら》った。

「スケジュールの管理はお前の仕事だろ。俺が疲れない程度にしろよ」

小林は俺のラッキーアイテムかも知れない。

本気でそう考えるようになってきた。


「真面目に働いてるらしいじゃない」

事務所の社長室。

大きなデスクの向こう側で、大きな窓を背に座る巻き貝、杉内社長はにこにこ顔だった。

その理由はわかっている。

「別にいつも通りですよ」

俺の仕事が順調だからだ。

「カメラマンから聞いたわよ。遅刻もないし、文句もないって」

「文句は俺が言うより先に小林が言うからですよ」

「小林くんが？」

そうなのだ。

俺は社長に『その時』のことを説明した。

「この間ですけど…」

あの若林の一件だけではなく、鳴海は俺を『綺麗に撮らせる』ということに対して情熱を持っていた。

ヘタなスタイリストが付けたアクセサリーを、今までなら俺が文句をつけていた。こんなもの付けられるか、ジャラジャラしていて雰囲気を壊《こわ》すだろう、と。

今回のスタイリストもヘタで、俺が嫌いなオカマだった。女性的な男性が嫌いというわけじゃない。こいつが嫌いなのだ。

いつも、やたらと光り物を付けさせようとするから。

けれど、この時は俺が口を開く前に、小林が手を上げた。

「それ、余計《よけい》だと思うんですが」

もちろん、それでトラブルにならないわけはない。

だがあいつは俺と違って当たりが柔らかいから、いきなりケンカということにはならなかった。

というより、子供扱いだ。

「素人《しろうと》さんが色々考えるのは勝手だけど、これはちゃんと考えて付けてるのよ。撮影中は静かにしててね」

俺が嫌いなスタイリストはそう言ったが、小林は真っすぐにカメラマンを見た。

「フレームを通して見てください。この服には石の付いたペンダントより、細い銀鎖《ぎんさ》の方が合います」

「ちょっと、アナタ…！」

「カメラマンの方がご覧《らん》になって、こちらを選ぶなら私がスタイリストさんに謝罪《しゃざい》します。ですが、比べずに決めるのは早計《そうけい》だと思います」

カメラマンは少し考えた後、スタイリストを呼んだ。

「銀鎖、用意してよ」

「牧野《まきの》さん、あんな素人の言うこと聞くんですかァ？」

「俺が決めるから、比べてみよう」

カメラマンに言われては、スタイリストも黙るしかなかった。

俺は言われるまま、赤い石の付いたペンダントと、細い銀の鎖《くさり》をつけてカメラの前に立ったが、『俺』を着飾るのではなく『服』を美しく見せるためにどちらがいいか、一目瞭然《いちもくりょうぜん》だった。

「鎖にしよう。取り替えて」

なるほど、こうすればよかったのか。

カメラマンの決定を聞いた時、俺は思った。文句を言うだけでは聞いてはもらえないが、カメラマンに選ばせればいいのだ。

そうすればこの場の最高決定者に逆らう者はいないだろう。

だがそれは代替案《だいたいあん》を考えられるか、自分のセンスに自信がある者にしか出来ないことだ。

小林にはそれがあるのか、それともそれほど俺を信奉しているかのどちらかだろう。

社長は黙って話を聞いていたが、最後に一言「凄いわねぇ」と感想を漏《も》らした。

「あんな小さな子なのに、一歩も引かなかったの？」

「社長、小林は俺と一つしか変わりませんよ」

「あ、そうだったわね。でもそれでスタイリストがよく黙って引っ込んだわね。後で文句言われたんじゃないの？」

「そこもソツなくこなしましたよ。わざわざそいつんとこへ行って、『差し出がましいことを言ってすみませんでした』って深々頭を下げてましたから」

「それだけで引いた？」

「そこで文句をつければカメラマンのセンスを疑《うたが》うことになりますからね。引っ込むしかないでしょ」

「そうね」

社長は頷いてから、俺を見た。

「それにしても、あなたが彼を連れて来た時はどうしたものかと思ったけど、小林くんが付いてから本当に仕事に真面目になって…」

しみじみとした言い方。

「またそこに戻るんですか？」

「だって、本当のことだもの」

「仕方ないでしょ。側で子供みたいな憧《あこが》れの目で見られると、何となく裏切れないじゃないですか」

「鳴海にそういう手が使えるんなら早くそうすればよかったわ」

「誰でもよかったわけじゃないですよ。あいつが本当に純粋だからです。ただ好き、好き言ってるだけだったら、うるさいと思うだけだ」

「もう何でもいいわ。とにかく、小林くんは鳴海にとっても、うちの事務所にとっても救世主《きゅうせいしゅ》だったってわけね」

うっとりと語る社長に少し呆《あき》れた。そんなに大事《おおごと》にするほどのことじゃないのに。

「大袈裟な」

「大袈裟じゃないわよ。それで、その功労者《こうろうしゃ》の小林くんは？」

「事務所で俺のスケジュールの調整してます。ドラマの出番が増えたんで」

そう。

あの後、何が気に入ったのか、監督は三回程度のゲストキャラだった俺を最後まで使うと言い出した。

最初の放送の後、俺の評判がよかったというのもあるようだ。

「テレビの露出《ろしゅつ》が増えるのはいいことだわ」

「ですかね。でも、バラエティだけはお断りですよ」

「わかってるわ。鳴海の口の悪さが露呈《ろてい》しちゃうもの、出せるわけがないわ」

「普通だ」

「まあまあ、拗《す》ねないの。三人で一緒に食事でもする？」

「いや、この後はデートしてやる約束だから」

途端にぽんやりしていた社長の顔がキッと引き締まる。

「誰とデートするの？　スキャンダルはごめんよ」

「小林」

「小林？」

「よく働いてくれるんで、今日の午後は仕事もないし、付き合ってやるって約束したんです」

「ああ、小林くんはあなたのファンだものね。そういうことなら大歓迎よ。あの子ならいかがわしいところに行きそうもないもの」

「いかがわしいどころか、どこへでも連れてってやるって言ったのに、家で食事だってさ」

つまらないことこの上ない。

折角《せっかく》の休みなのに。

「ファンだから、憧れの人の私生活を覗きたいってことでしょ。いいじゃないの簡単で。それじゃ真っすぐに帰るのね。小林くんにもヨロシク」

「はい、はい」

これでおしまい、というように社長がひらひらと手を振るから、俺もさっさと退室した。

いつもはお小言がいつまでも終わらなくてウンザリなのだが、今日は早く終わってよかった。

そのまま事務所へ行くと、小林は事務の女の子と、新人のモデルと楽しげに話をしていた。

「でもお金ないですからねぇ。新しい服とか買えなくて」

「自分でダメージ付けて加工すればいいんですよ。背中を縦《たて》に二本切って安全ピンで間を繋ぐんです。下にカラーのタンクトップを着ればその切ったところから色が出るでしょう？」

「切り間違えそう」

「だから背中にするんです。失敗しても上着でカバーできるように」

「へえ、やってみます。小林さん、ありがとう」

新人の男が感謝の意を込めて小林の手を取る。

そのことに、何故《なぜ》かムッとした。

小林は俺のマネージャーじゃないか。何を使ってるんだ。

そいつのいいところなんて、俺だけが知っていればいいんだ。

「それで撮影のポジションが…」

「小林」

まだ何か相談しようとするから、俺は小林の名前を呼んだ。

「スケジュールの調整終わったんだろ、帰るぞ」

呼べば、小林はすぐに腰を上げる。そんなのより、俺の方が優先だとわかってるから。

「あ、はい。ごめんね、佐藤《さとう》くん。じゃあまた」

佐藤というのか、あの新人は。

他人のものに手を出すなんて、行儀の悪い。

「さっさとしろ」

「はい」

これが小林だから、というわけじゃない。俺は自分の持ち物を他人にベタベタ触られるのが嫌いなのだ。

俺のファンで俺のマネージャーなんだから、こいつは俺のものなのだ。

「あの新人」

「はい？」

「あいつもファンなのか？」

「はい」

…何だって？

「あそこの事務所の人はみんな鳴海さんのファンですよ。普段の鳴海さんって、どんな服着てるのって色々訊かれちゃいました。あ、でも変なことは言ってませんから」

…そっちか。

「違う。お前があいつを知ってるのかって聞いたんだ」

「さっき知り合いました。売れたいけど、お金をかけられないからって相談されて。でも本当は鳴海さんに相談したかったんでしょうね」

「俺は他人の相談になんか乗らない」

「乗ってあげればいいのに。みんな鳴海さんに憧れてるんだから」

「…モデルっていうのは、個人個人求められるものが違う。独自性《どくじせい》がないと生き残れない。だがあいつぐらいの時には個性より相手が求めるものに応えられるかどうかが問題なんだ。俺に訊くより、仕事の相手をリサーチするべきだろ」

つい真面目に答えると、小林はいつもの称賛《しょうさん》の顔で俺を見上げた。

「それ、今度佐藤くんに教えてあげてもいいですか？」

「好きにしろ。ああ、そこのコンビニで水買ってくから」

車を停《と》めた駐車場《ちゅうしゃじょう》を通り過ぎて、近くのコンビニへ向かう。

店に入ると、小林は子供のような顔で店内を見回した。

「面白いんだろ？」

「はい」

小林の仕事ぶりには色々意外で驚かされることが多いのだが、日常生活でも驚かされることが多い。

何と、こいつはコンビニに入ったことがなかったそうだ。

どれだけ田舎《いなか》に住んでたんだか。存在は知っていたし、見かけたことはあるが、中に入ったことがなかったらしい。

初めて連れて行った時、コンパクトに何でも揃っていると言って大喜びだった。

「鳴海さん、鳴海さん。見てください。これ、パンに大福《だいふく》が入ってるんですって」

「…だから?」

「珍しくないんですか?」

「春先には桜餅《さくらもち》が入ってるのも見た」

「へぇ…」

「食べたいなら買えよ」

「美味しいんですか?」

「食ったことはない」

小林はパンを持ったまま、じっとしていた。

その手からパンを取り上げ、カゴに入れる。

「あ」

「買ってやる。食って、どんな味だったか教えろ」

「はい、ありがとうございます」

小林は、当たり前のことを知らなかった。

このコンビニもそうだが、呉服屋《ごふくや》の前を通った時も大興奮だった。入ったことがないから入りたいと、珍しくおねだりされて付き合ってやったこともある。

まあ呉服屋なんて俺もその時初めて入ったんだが。

スーパーへ行って、ジュンサイの入ったビンを見て驚いたり、電器店ではパンメーカーに興味津々《しんしん》だったり。

何か世間《せけん》とズレてるところがある。

俺もこんな仕事についてるから、知らないことはあるが、小林と一緒にいると自分が物知りのような気分になる。

俺は何も知らない小林をバカにはしなかった。

教えれば教える度に、彼が尊敬《そんけい》の眼差しで俺を見るのが嬉しかったし、知らずに驚きを見せる彼が面白かったから。

「見てください。梨《なし》のサイダーですって」

「飲んでみたいなら買え」

「美味しいんですか？」

「梨だよ」

「…買ってみます」

変なものばかりカゴに入れ、買い物を終え、車に戻る。

「料理の買い物はしなくていいのか？」

「大丈夫です。もう全部終わってます。美味しいパスタ作りますから」

「期待してる。小林の料理は何でも美味いから」

「ありがとうございます」

俺が誰かを、特にマネージャーを家に招いて料理を作らせるなんて、以前のマネージャー達が知ったら絶対驚くだろう。

他人が家の中をウロチョロするのは歓迎しなかったし、マネージャーなんて特にプライベートで親交を持ちたくない相手だから。

だが小林は特別だ。

こいつは今までの連中とは違う。

社長は俺をワガママだからマネージャーが辞めてしまうのだと言ったが、それは正しくない。

あいつ等は、自分達で勝手に辞めるのだ。

俺は一度だって『辞めろ』と命令したことはなかった。『辞めたらいいじゃないか』と示唆《しさ》したことはあっても、結局奴等《やつら》は自分から辞めて行くのだ。

原因はわかっていた。

みんな幻滅してゆくのだ。

高校の時からモデルを始めた俺は、結局大学には進学しなかった。

高校での成績もそんなにいい方ではなかったから、結果として学力はあまりよくないところで止まってしまった。

一方マネージャーは大抵が大学を卒業して就職《しゅうしょく》してくる。

最初は憧れのモデル、一流のモデルと憧れて俺に付いた連中が、いつしかそのことで俺を見下げる時が来るのだ。

こんなことも知らないのか？

そんな表情が顔に浮かぶ。

そうなると、俺のために働くことにためらいが出てくる。どうして大学まで出て、自分より学《がく》歴《れき》が低いヤツの命令をきかなきゃいけないのか、と。

学歴を気にしない者でも、俺に読めない漢字があったり読み間違いをすると、こんなのも読めないのかという顔をする。

やがて俺をバカにするようになるのだ。

その一方で、『俺の』マネージャーだから、俺を大切に扱う人間達がマネージャーにも同じ態度を取る。

いい仕事をしてますね、この間の写真よかったですよ、あのブランドのモデルが出来るなんて凄い。

そんな賛辞を耳にし続け、それを自分が褒められていると勘違《かんちが》いしだして、『俺が鳴海に仕事をさせてやる』と思いだす。

俺の言うことを聞けよ、俺がお前を売ってるんだぞ。何で俺がお前の言うことを聞かなきゃならないんだ。

結果としてそんな気持ちで俺から離れてゆき、ある日『もうお前とは働けない』と言い出すのだ。

だが、小林は違っていた。

ドラマの台本の読み合わせに付き合わせ、いつものようにわからない漢字が出てきた時、こいつはすぐにそれに気づいた。

だが彼から出たのは、『こんなのも読めないんですか？』という言葉ではなかった。

「『ゆうりょ』って読むんですよ」

と言っただけだった。

俺が漢字は苦手なんだと言ってみると、それならばと彼は次から難しそうな漢字には全てフリガナを振っておいてくれた。

しかも、俺の台本に自分の名前を書いて渡してくれた。

最初は意味がわからなかったが、それは誰かに見られた時、一々《いちいち》フリガナの振ってある台本が俺のものだと知られるのは恥ずかしいだろうという気遣いからだった。

スタッフの一人にその台本を見られ、『ああ、マネージャーさんのですか。あの人漢字弱いんですか？』と言われて俺も気づいた。

こいつが大学を出てるのか出ていないのかはわからないが、見ている限りでは英語も喋れるようだし、学力という意味での知識は上のようだ。

だが、彼はそれをひけらかすこともなければ、そのことで俺を見下げるようなこともしない。

一度訊いたことがあった。

俺の学力が足りないことをどう思うか、と。

すると彼はこともなげにこう答えただけだった。

「学校の勉強以外のことが人より優秀なんですから、それでいいんじゃないですか？　学校の勉強は今からでも出来ますけど、モデルとしての魅力《みりょく》はすぐに手に入れられるものじゃありません。それを持ってらっしゃるだけでも凄いですよ」

慰《なぐさ》めでも何でもなく、本気で言っているようだった。

小林は、本当に俺の仕事を認めているのだ。

モデルとして最高だと思ってくれているのだ。

更に、彼は俺への賛辞を自分のものと考えるような勘違いもしなかった。

誰かが口にした褒め言葉を、まるで子犬がボールを拾って戻って来るように俺のところに伝えにくる。

「あの人が鳴海さんのこと、カッコイイって言ってましたよ。あの写真がよかったって」

これはあなたのものだから、あなたのところへ持って来ましたというように。

何を言われても、小林はちゃんと自分と俺とを分けていた。

それなのに、時々俺でも知ってるようなことを知らなくて、それを教えてやる俺に『そうなんですか、よく知ってますね』という顔をする。

小林が可愛かった。

こいつが手放せなくなってきていることを実感し始めていた。

「あ、見てください。あの自転車。後ろの車輪《しゃりん》に人が立って二人乗りしてますよ。器用ですね」

「あれは後輪《こうりん》のところにバーを付けてるんだ。交通違反だ」

「へぇ。随分器用な学生さんだなと思ったのに…。よく知ってますね」

こんなふうに。

「お前さ、俺のこと本当に好きなんだな」

「え？　あ、はい」

頬《ほお》を染めて肯定《こうてい》する小林に満足感を得る。

こいつの憧れに同性愛の意味が入っているんじゃないかと推測《すいそく》しても、それに触れずにこのままでいたいと思うほど。

俺を好きなら好きでいろ。

憧れるなら憧れていろ。

尊敬するなら尊敬しろ。

俺はそれに応えてやる。

それが俺の『カッコイイ』だ。

お前が見てるから、俺はずっと『カッコイイ』俺でいてやる。

「…鳴海さん、ブランドモデルとかやりたいと思いますか？」

「そんなの、若い時にやったよ」

「キャラクターブランドじゃなくて、海外の一流ブランドのです」

それはまた結構高いハードルだ。

ブランドモデルといえば、そこの顔となる。

ショーに出るのはもちろんだが、カタログのマネキンになったり、テレビ雑誌を含めたコマーシャルの全てに使われる。

特に海外の一流ブランドともなれば拘束力《こうそくりょく》はそこらのファッションビルに入っているブランドと違い、身長体重から髪形まで契約に入れられる。もちろん、公式の場に他社の服を着ることも許されない。

だがファッション系のモデルだったら、誰でも一度は夢見るだろう。自分の顔がブランドを背負うという大仕事だから。

「俺が出来ると思ってるのか?」

「もちろんです」

確信を持ってお前が言うなら、胸を張るしかない。

たとえそれが無理な注文でも。

「だな、俺なら出来るだろうな」

笑ってそう応えてやる。

「やる気、あるんですね?」

「問題が一つだけあるがな」

「何ですか?」

「…英語が得意じゃない」

「そんなの、契約に通訳《つうやく》をつけさせればいいんです。全然問題ないですよ」

「じゃ、いいんじゃないか?」

他愛《たあい》のない会話だ。だが本当に、何でも出来るかも知れない。小林がいれば、こいつが信じていれば。

「ほら、着いたぞ」

マンションの駐車場に滑《すべ》り込みながら、段々と小林を手放せない自分を感じていた。

こいつを、とても気に入っている自分を。


「鳴海」

いつものように雑誌の撮影で入ったスタジオ。

俺の名前を呼んで近づいてきた人間の顔を見て、俺は笑顔を浮かべた。

「伊原《いはら》さん」

そこに立っていたのは、モデルの先輩《せんぱい》である伊原さんだった。

この業界で、俺が笑顔を浮かべて近づく人間は殆どいない。仲が悪くなくても、大抵は表面上の付き合いばかりで終わることが多いからだ。

けれど、相手が伊原さんなら別だった。

この人は、俺がモデルを始めた時から名前の売れていた先輩だった。

とはいえ、この業界では先輩後輩《こうはい》は関係ない。この世界はみんなで一つの仕事を奪《うば》い合うイス取りゲーム。

たとえ最初は和気《わき》あいあいとしていても、上に上がれば上がるほどその戦いは熾烈《しれつ》になり、みんな変わってゆく。

欲しいものを取られれば腹も立つし、取り上げてしまえばバツも悪い。やがて付き合いは希薄《きはく》になり、友情なんてものは消えてゆく。

だが伊原さんは違っていた。

事務所の違う人間にも、業界のノウハウを教えてくれたり、金のない新人にはメシを奢《おご》ってくれたりと、本当に『いい人』だった。

「丁度《ちょうど》よかった。お前には一度会って話をしたいと思ってたんだ」

だからだろう。

「俺に話？　珍しいですね」

彼はある程度の地位まで上《のぼ》り詰め、そこでずっと足踏《あしぶ》みだった。

「実は、俺モデル辞めようと思ってね」

「え…？」

「折角だから、一言お前には挨拶しておこうと思って」

何で、とは訊かなかった。

俺より年上の伊原さんはもう三十を超えている。

もちろん、未《いま》だにこうして撮影スタジオにいるのだからモデルの仕事がないわけではないだろう。けれどピンで撮影し一人で何ページも独占《どくせん》する俺と違い、彼はモブとして何人もが同じページに並ぶもの。

待遇《たいぐう》が全く違う。

彼ほどのキャリアがあってその扱いということは、将来性がもうないと言われているのも同然だった。

「モデル辞めてどうするんです？」

「多少の蓄《たくわ》えはあるから、飲食店《いんしょくてん》でもやろうかと思って」

「役者とかバラエティとか行かないんですか？」

言うと、伊原さんは苦笑した。

「俺は口ベタだから。バラエティは無理だね。芝居の方も、何度か出たことはあるんだけど、今は全然。才能がないいんだろう。ああ、鳴海のは見たよ。この間のも凄くよかった」

くったくなく言う言葉には羨《うらや》みすらない。

「お店開いたら、また連絡するよ。そうしたら、遊びに来てくれるかい？」

「もちろん。行きます」

即答《そくとう》すると、遠くからスタッフの声が聞こえた。

「特集記事のモデルさんは集合してください」

名前ではなく、十把一《じっぱひと》からげで呼ばれる声が。

「じゃ、俺は撮影だから。またそのうち」

引き留めることは出来なかった。

引き留めることは、今の彼の仕事の足を引っ張ることになるとわかっていたから。

「小林、俺の撮影はまだ時間があるのか？」

振り向いて尋《たず》ねると、小林は手帳で確認してから頷いた。

「撮影は後の方ですから、まだ時間はあります。控室に入られますか？」

「ああ」

俺は伊原さんに背を向け、用意されていた控室に入った。

小さなテーブルの置かれた控室、だがこれは俺だけの部屋だ。伊原さんは大部屋だろう。

実力で待遇が差別される世界だから、当然の結果だ。

今までだって、こんなことは何回もあった。

自分より後に入った者が優遇《ゆうぐう》されたり、大物と呼ばれていた人がいつの間にか姿を見せなくなったり。

今までは、大した付き合いがある人間ではなかったから、気にも留めなかった。

けれど相手が伊原さんだと…。

彼は、この業界に入った当時の自分にとっては憧れの人だった。

仕事もいつも一生懸命で、真面目で、それでいながら人格者でいられる彼を尊敬していた。

今見ても、顔は悪くはない。スタイルもいい。

ただ、年齢がニーズから外れただけだ。

日本のモデル界では、若い者はアイドル並に持て囃《はや》されるが、ある程度年がいってしまうと外国人のモデルや役者達に取って替わられる。

モデルとして、それ一本で食っていける者など、ほぼいないと言ってもいい。

年齢による引退《いんたい》をやんわりほのめかされる前に、大抵は他の仕事を探すのだ。タレントや役者や、二足目のわらじを見つける。もう一つの肩書《かたがき》を得て、やっとモデルも続けられる。

それが『モデル』の行き着く先だった。

実質的な定年の年が決まっているわけではない。

中年ならば中年の、老人ならば老人のモデルを起用する業界がゼロなわけでもない。

けれど、仕事の数は急激に減るし、扱いも決していいわけではない。人気が出るということも稀《まれ》で、単にマネキンとして扱われるばかりだ。

特に若い時に人気があると、老いはマイナスにしかならない。

自分も、あと数年でその年齢に達する。

今は、芝居もするし、グラビアのようにピンの仕事もある。けれどそれが確実な足場かと問われると、自分では何とも言えない。

「コーヒー、飲まれますか？」

返事をする前に、小林が湯気《ゆげ》の上がるカップを差し出す。

彼が家から淹れてきたコーヒーだとすぐにわかった。いい香りがしたから。

「あの方、伊原シンさんですね」

「知ってるのか」

「何度か雑誌でお見かけしてますから」

「お前から見て、あの人のことどう思う?」

「落ち着いた、いい方だと思います」

「モデルとしての魅力は?」

小林は、一瞬間《ま》を置いてから答えた。

「鳴海さんには力の及ばない方だと思ってます」

「モデルとしては、二流か」

「アピールは乏《とぼ》しいと思います」

彼は言い繕《つくろ》わず、はっきりと答えた。

「キツイな」

「…はっきりと言ってほしいという顔をなさってたようですから」

「じゃ、もっと言えよ。伊原さんはお前にとってどんなイメージなんだ?」

小林はいつも俺を気遣う。

体調でも感情でも、俺にいいようにと考えてくれる。

「生活感が出ています」

だからこそ、彼が伊原さんに対して辛辣《しんらつ》なことを言うのは、イラつくよりほっとした。

「お顔立ちはちょっと洋風で彫りも深くていいと思いますが、痩《や》せているのではなく窶《やつ》れた感じが見えています」

こいつは、俺をおだてていい気持ちにしようとするだけではなく、言う時はちゃんと言ってくれてるんだ。だから、こいつの言葉を信じてもいいんだと。

「伊原さんは、鳴海さんにとって特別なんですね」

改《あらた》めて口に出されると、認めたくなくて顔を背《そむ》ける。

「世話になった人だからな」

「…そんなふうに誰かのために辛《つら》そうな顔をしてる鳴海さん、初めて見ました」

「だから何だよ」

「…羨ましいな。少し聞こえていたのですが、喋ることや演技をすることが得手《えて》ではないのなら、飲食店をやられるよりモデルを育てる側に回られるといいのかも」

「モデルを育てる？」

突飛《とっぴ》なことを言い出したな。

「経験値もありますし、面倒見がいいのでしたら。きっと若い人達が付いてゆくと思います」

「…うちで引き抜いて、社長に進言したらいいと思うのか？」

「モデルはマネージャーを持つ方が少ないですから、事務所でそういう教育をなさる方がいらっしゃるとよろしいかも。相談相手とかにもいいですし」

「それで気分を害することがないと思うか？」

「必要と思うからお願いするだけです。お断りになったらそれで終わりにすればいいのでは？」

「ふん…」

いつもと同じ味だろうに、コーヒーは苦かった。

小林の意見が正論《せいろん》だろうと思うのに、受け入れ難《がた》いのと同じように。

そっぽを向いて彼の言葉を聞き流したフリをしていると、小林は急に俺の頭を抱き寄せた。

「何だよ」

「…私が、急にしたくなったんです。ダメですか？」

抱き締める、と言っても回された腕はやんわりと俺を包む程度だ。だが、その腕はとても温かかった。

「私は、鳴海さんのことが好きなんです。だから、あなたが沈んでいるのを見ると、とても辛いと思ってしまうんです」

「俺は辛くない」

「私が、です」

「俺にキスの一つもしたいってか？」

戯《たわむ》れに訊いたのだが、小林はすぐに返事をしなかった。

頭に回っていた腕から少しだけ力が抜ける。

「…私が可愛い女の子だったら、きっとそう言ったでしょうね」

そのセリフは色んな意味に取れた。

女のように好きだが、女じゃないからそんなことは言えないとも。女じゃないんだから、そんなこと思ってませんとも。

どちらでもいいことなのに、ふいにどちらかハッキリさせたい気分になった。こいつが、どれだけ俺を好きなのか、確かめてみたくなってしまった。

「したいならすればいいじゃないか」

だからそんなことを言ってしまった。

男とキスなんてとんでもないことなのに。

「…え？」

「したいならすればいい。したくないならしなけりゃいい」

伊原さんに対してシビアな意見を口にした小林が、俺をどのくらい評価して、惚《ほ》れているのか知りたくなった。

自分の将来というものに突然過《よぎ》った不安を、彼に払拭《ふっしょく》してもらいたかったのかも知れない。

誰かに、特別に好きだと言われたかったのかも知れない。

…小林なら、それくらいしてもいいと思ったのかも知れない。

「どうした?」

「…本気にしますよ?」

「しないんならさっさと離れろ」

不機嫌に言うと、彼はそっと俺の額《ひたい》に唇を押し付けた。

相手は男だというのに、嫌な感触ではなかった。

男でも女でも、キスに違いはないんだな。

ただ、それだけでいいのか?『キス』と言ったんだから唇にするもんだろう。

そう思って顔を上げると、小林の顔は真っ赤だった。

「何赤くなってんだよ」

「恥ずかしいからですよ」

目が合うと、彼はそう言って離れてしまった。

「伊原さんのこと、鳴海さんから言いにくかったら、私から社長に上申《じょうしん》してもいいですよ」

彼の体温が離れると、少し寂《さび》しくなる。

「伊原さんのためじゃなく俺のためにか?」

「ヨコシマですか?」

咎《とが》められたと思ったようだが、そうではなかった。相手は伊原さんだというのに、こいつが俺以外の人間のために動こうとしているのが、何となく気に入らなかったのだ。

だがそれを口にするわけはない。

「勝手にしろ」

と突っぱねると、小林は少し困った顔をした。

「鳴海さん、そろそろ準備お願いします」

扉の外から声がかかり、会話はそれで終わりだった。

「俺は何にもしないからな。何かするならお前がやるんだぞ」

「はい」

それだけ言って、俺は部屋を出た。

小林はいいことを言ったのに、どうして受け入れられなかったのか。あいつが何より俺を優先するのはわかっているのに。

「鳴海、こっちのシャツに着替えて。髪、少しセットするから」

ざわつくスタジオ。

小林も追っては来たが、もうここでは近づいては来なかった。

スラリとしたモデル達の向こう、林の蔭に隠れる小動物のように、黙って俺を見ていた。

俺だけを真っすぐに見てる視線に、少しほっとした。

「鳴海？　額どうかしたの？」

「額？」

「さっきからずっと触ってるけど」

額…。

「触ってなんかない」

「そう…?」

「あんなの、キスのカウントに入るか」

まだ俺を見ている小林に背を向け、衣装を着るために服を脱いで額を強く擦《こす》った。

残ってもいない感触を打ち消すように。


小林がマネージャーに付いてから、遊びに出ることはなかった。

特にあいつを意識していたというわけではないが、家にいれば美味いものが食べられるし、俺への賛辞を聞くことが出来るから、出掛けたいと思わなかっただけだった。

だがその日、伊原さんのこともあってイラついていた俺は、撮影が終わるとすぐに小林に別れを告げた。

「今日は飲みに行くから付いて来るな」

小林は何も言わなかった。

「あまり飲み過ぎないでくださいね」

と言っただけだった。

一人で飲みに行くわけがないのだから、俺が好きなら引き留めればいいのに。

行ってほしくないんだろう。

「明日は仕事もないんだし、文句はないだろ」

「はい。体調管理だけしてくだされば」

「お前も来たいんじゃないのか？」

「いえ、お酒強くないので…」

まあ小林ならそうだろう。

「それに、少しお時間いただいて、仕事をしようかと…」

その言葉に、俺は思い出した。

こいつは、いつまでも俺のマネージャーでいるわけではない。暫くの間、という約束だった。

小林は会社員で、ただ休職中なだけなのだ。

「会社に顔出すのか」

「いいえ、家で少し…」

「家で出来るなんて楽な仕事だな」

何の仕事をしてるか興味がないわけではなかったが、そこで訊けば彼が会社に戻ると言い出すのではないかと思うと、訊けなかった。

だから、その一言を捨てゼリフに小林と別れ、モデル仲間が集まるクラブへ向かった。

遊ぶことは楽しかった。

酒を飲むのも嫌いではなかった。

行きつけのクラブは業界人が多く、うるさい連中も入り込まない。

だからゆっくりと楽しめるはずだった。

「鳴海、久しぶりじゃない」

店に入ればすぐに俺と気づいた見知りの女が近づいて来る。

「クサイ」

いつもは女らしいと思う香水《こうすい》の匂いが鼻につく。

最近はそんな匂いを嗅《か》がなかったから。

「何よ、失礼ね」

「強いんだよ、香水」

薄暗い店の中でも、はっきりとわかる顔は、いかにも化粧《けしょう》で作られたものだ。

くっきりと上下に引いたアイライナーや、瞼《まぶた》全てに塗られたシャドウ、何枚付けてんだよと訊きたくなる付けまつ毛。

グロスでテカテカ光った赤い唇は、油物《あぶらもの》でも食ったみたいだ。

仕事場では見慣《みな》れている顔なのに、オフだと思うとうんざりだった。

舞台メイクしたままの役者が町中を歩いてるような違和感がある。

「ご機嫌ナナメねぇ」

「あら鳴海どうしたの?」

「香水が嫌なんですって」

「アンタのがキツイのよ」

そんな女達に囲まれると、頭の中に別の顔が浮かんだ。

当たり前だが『あいつ』は、化粧なんかしていなかった。近づくと、頬の産毛《うぶげ》が見える化粧っけのない肌だった。

触ったら、きっとあっちの方が触り心地はいいだろう。

「鳴海、奥にケンジも来てるわよ」

「じゃ、そっち行く」

「あん、鳴海!」

クネクネした細い身体を押しのけ、奥にいた男達の方へ向かう。

ガラス張りのＶＩＰルームに向かうと、中では男達が酒を飲んでいた。だがその隣にはモデルではない女もいる。

男女取り混ぜ十数人も詰まると、広いＶＩＰルームが狭《せま》く感じた。

「よう、鳴海」

「久しぶり」

「あ、鳴海さん」

気づいた者が声をかけるから、手を上げて挨拶してやる。けれど媚《こ》びる視線を向ける女が嫌で、俺は女達から離れてソファの端に座った。

「鳴海、最近真面目に仕事してるらしいじゃん」

「マネージャーがうるさいからな」

「いいよな、お前はマネージャー付いてて」

「欲しかったら自分も付けてもらえよ」

「そんな簡単に出来るわけないだろ」

中身のない会話も、張り付いたままの薄ら笑いもいつものこと。

むしろそういうものがあってこそのスムーズな会話だった。お互い相手の深いところまで立ち入らずに、雰囲気は壊さずに、だ。

けれど今日はそれも何だかイラつく。

「ヘイ、鳴海。今日はまたムシのイドコロが悪い日かい？」

間を置いていたスペースに強引《ごういん》に座ったのは、イギリス人ハーフのモデル、ウィルだった。

「そういうわけじゃない」

彼は金色の長い髪をうるさそうに纏めると、手にしていた革紐《かわひも》で縛《しば》った。

「それもそうか」

「いつものことさ」

「でも笑顔がない」

「鳴海、若林と仕事してるだろ？」

「若林？　ああ、あの役者崩《くず》れ」

先日ケンカを吹っかけられたことを思い出して、口元が歪《ゆが》む。

「そう。あいつとケンカしてない？」

「向こうは何だか喚いてるけど、どうでもいい。何かあったのか？」

あちらの血が入っているせいか、ウィルは大仰《おおぎょう》に手を広げるジェスチャーを見せた。

「そうなんだ。今日あいつと一緒の仕事でさ。ガイジンは顔の表情がわかりづらくて仮面みたいだとか何とか言われたよ」

「お前に日本語がわからないと思ったんじゃないのか？」

ウィルは足を投げ出し、不機嫌そうにタバコを咥《くわ》えた。

「ガイジンってカテゴリーで人を区別するのはもう古いのにな」

「あいつが区別してるのはモデルだよ。自分は役者だってプライドが高いんだ」

「それで言うなら、たかが役者風情にモデルが出来ると思うなよって言うんだ。立って、身振り手振りが付けられる役者連中と違って、モデルは立ってるだけで全てを表現しなきゃならないんだから」

その言葉に俺は笑った。

「何だよ」

「向こうは、ドラマの現場で突っ立ってるだけじゃなく、もっと身体を使って演技が出来ないのかって言ってたぜ」

それを聞くと、ウィルは鼻に皺《しわ》を寄せた。

「カメラのシャッター切られる時に、身振りでもするつもりかね。あいつが役者として芝居の現場で偉《えら》そうなことを言うならまだわかるよ？　俺達のテリトリーに入ってきて偉そうなこと言うとこが気に入らないんだ」

「モデルなんて、バイト感覚なんだろ」

「それが、そうじゃないから腹が立つんじゃないか」

彼はタバコに火を点《つ》け、煙《けむり》を天井に向けて吐《は》き出した。

「あいつ、今度の『メンズ・ガルボ』のトップページ取るんだぜ」

ウィルが口にしたのは、中堅《ちゅうけん》のファッション雑誌の名前だった。だがその名前で彼が不機嫌になるには理由がある。『メンズ・ガルボ』といえばメインのモデルは外国人で、ウィルは何度もトップページを取っていた。

いわば、彼にとってはテリトリーを侵《おか》されたという感じなんだろう。

「冬物でファー特集だったんだぜ。カロンズのシルバーフォックスでさ。芝居だ役者だって言うなら、モデルの仕事に色気《いろけ》出してんじゃねぇよ。本業がダメだからって」

「ウィルも芝居すりゃいいじゃないか」

「この外見だぜ？　役がないよ」

「じゃあバラエティは？　お前、日本語ペラペラだし、面白いこと言うじゃないか。今、そういう連中多いだろう？」

「…俺が喋りで売れると思う？」

「お前ならな。ケンジとか、顔はいいけど柄《がら》が悪い。でもお前は上品に『も』喋れるだろ」

「まあね。日本語はおばあちゃんが教えてくれたのが最初だから」

「さもなきゃ舞台でもやったらどうだ？　舞台なら、外国人の役は多いし、メイクとカツラで全部隠せる。何より、若林は劇団上がりだから、悔《くや》しがると思うぜ」

「それいいな。俺、歌も上手いんだぜ」

すっかり機嫌がよくなったウィルはテーブルの上のボトルで酒を作った。

「鳴海も飲むだろ？」

「ああ」

俺の分も作ってくれるサービスぶりだ。

「そういえば、新しいマネージャーが付いてるんだろ？　はい」

差し出されたグラスを受け取り、口を付ける。

酒は少し濃かったが、強すぎるというほどではなかった。

「ああ」

「可愛いの？」

「可愛い？　男だぞ」

「スタイリストの清水《しみず》さんが気に入ってるって話だからさ」

清水、というと先日スタジオの隅で小林に近づいていた男か。

「清水さんって、そっちの人じゃないかって噂《うわさ》があったろ？　まだ独身だから」

「ホモだってか？」

「ちょっとおネエっぽくね？　ま、スタイリストとかヘアメイクとかって、言葉遣いを丁寧にしなきゃいけないから、みんなそんなふうに見えるのかも知れないけど」

小林の外見を、特別に可愛いとは思わなかった。

俺があいつを気に入ってるのは、あいつの反応や態度のせいだ。顔は…、まあ悪くはないし、目は男にしてはデカイし…、可愛いと言えないこともないが。

「それに、長くアメリカに行ってたって話だから」

「アメリカ行ってると何なんだよ」

「あっちって本場じゃん」

「偏見《へんけん》だ」

小林が自分以外の人間に気に入られたという話は不快だった。

あれは俺のものなのに。

「俺もちらっと見たことあるけど、鳴海のマネージャーって小柄だったよな。あのサイズだったら俺だって抱けるかも」

ウィルは性的にはノーマルな男だと知っていた。今まで何人も彼女と称する女性を連れ歩いているのも見ている。

だから今のはジョークだとわかっていた。だが、不快だった。

「くだらないこと言うなよ」

「え？　イケない？　最近の十代のモデルとか中性的で可愛いじゃん」

「お前がホモだとは知らなかった。近づくな」

「何だよ、ジョークじゃん」

男が男を抱く？

そりゃ、そういう連中はいる。

今この席に座っているモデル仲間の中にも、男を味わったことがあると言っていた者もいる。

だが相手は男じゃないか。

「男とやって楽しいのかね」

「胸がないってこと？　ステージモデルの女だって同じだろ？　付いてるモノがグロテスクだったら俺は引くけど、カワイかったら無視できそうじゃん」

小林のモノがグロテスクとは考え難いが…。

頭の中に小林の裸体《らたい》が浮かぶ。

小柄な彼なら、きっと細い身体だろう。アウトドア系ではない肌は白いだろう。

「…バカバカしい」

「わかってるって。どんなに可愛くても、勃《た》つモノ勃たなきゃオワリだろ。でも清水さんには気を付けてやった方がいいかもよ」

「何で俺がマネージャーのケツまで心配しなきゃならないんだよ」

「だって、嫌だろ？　自分の側にいるヤツが他の男の下で喘《あえ》いでたって思うの」

「自分は男でもイケるとか言ったクセに」

「男でも女でも、何か生々《なまなま》しいじゃん」

そういうことか。

「それはそうかもな」

「俺、黒木《くろき》ならイケるかも」

「黒木？」

「知らない？　新しいモデル。東欧《とうおう》の血が入ってるって話で、目がクリクリで女の子みたいなんだぜ。腰とかすごい細いの」

ウィルの『あの子なら男でもイケる』という説明を聞きながら、俺は頭の片隅で違うことを考えていた。

小林が、自分に好意を向けているのはわかっている。

しかもその好意はそっち系のものだろう。だから額にキス程度で顔を赤らめたりしたのだ。つまり、あいつは俺に抱かれたいってわけだ。

正直、そこまでは考えていなかった。

あいつを裸に剥《む》いて手を伸ばす…。

想像しても、嫌悪感《けんおかん》はなかった。まあ職業柄男同士、半裸《はんら》で抱き合うなんてしょっちゅうだし、コレクションに出れば舞台袖《そで》で男も女も丸出しのまま歩き回っている。

それを一々《いちいち》気持ち悪いだの何だと言ってはいられない。

ではあいつは、今まで誰か他の男に抱かれたことがあるのだろうか？

それは考えるだけでも嫌な気分だった。

あれは『俺のもの』なのに、他の男の手垢《てあか》がつくなんて。

「…って思うだろ？　その点、ミーアは簡単でさ」

ウィルの話は、いつの間にか女のことになっていた。

「呼び出せばすぐに来るし、酒も強いし。グラビア系だから胸もあるしな」

けれどもうそんな話は聞いていなかった。

頭の片隅に生まれた、『小林』と『セックス』というまるで似合わない単語が、一緒になったまま焼き付けられて。

「あいつ、俺と一つしか違わないいんだもんな…」

いつまでもそのことが消えていかなくて。


『仕事が終わったらすぐに事務所へいらっしゃい』

という社長のメールを受け取って、俺は小林を連れて事務所へ向かった。

その日はニットデザイナーのコレクションのリハーサルで、何度もステージを歩かされて疲れていたのだが、マネージャー通しではなく直接の呼び出しだったので、きっと何か重大な用件なのだろうと思って。

「お前、何か聞いてるか？」

と訊いても、小林も何も知らないようだった。

事務所に戻り、彼を連れて社長室へ入ると、ドアを開けた途端杉内社長は目を輝かせてデスクから立ち上がった。

「チャンスよ、鳴海！」

興奮した様子でそう言うと、ぐるりとデスクを回って俺の手を取った。

「チャンスが来たのよ」

「…どうしたんです？」

「あなたが一流になるチャンスが来たのよ」

「だから、何が？」

社長は振り向いてデスクの上に置いてあった紙を手にすると、俺に突き付けた。

金の縁《ふち》取《ど》りに箔押《はくお》しのエンブレムが入った便《びん》せん。その下には俺の名前があった。

「これは…？」

「『ウィザード・ハート』のモデル募集よ」

「『ウィザード・ハート』…？」

「鳴海だって聞いたことあるでしょう？　小林くんも知ってるわよね？」

同意を求められて、小林は戸惑いながらも頷いた。

「アメリカのトップブランドですよね。メンズもレディースも手掛けていて、パリコレにもミラノコレクションにも参加してる…」

「そう、そうなのよ！」

社長は我が意を得たりという顔で頷いた。

「世界展開してるブランドよ。トップ中のトップよ」

「別に、今までだってそれクラスの服は着てるだろ」

あまりの盛り上がりぶりに、俺が冷めた様子で言うと、社長はキッと俺を睨《にら》んだ。

「そんなの、雑誌のお仕着せや、ショーのモデルのうちの一人でしょう。今回は違うのよ、ブランド専属《せんぞく》モデルなんだから」

「ブランドモデル…？」

「そう。『ウィザード・ハート』が本格的に日本進出というかアジア展開するに当たり、アジア全土でブランドを背負ってくれるモデルを探してるの。そこに詳《くわ》しく書いてあるけど、もしこれに選ばれれば『ウィザード・ハート』のイメージとしてあなたのために服が作られるようになるわ。それがアジア全土、いいえ、上手くすれば世界に回るのよ」

「…まだ俺って決まったわけじゃないでしょう」

俺は社長が示した、デスクに残されていた書類の方を手に取った。

先に見せられた手紙とは違い、白い紙にタイプ打ちで書類然とした書面だ。

社長が言った通り、現在でも日本国内に幾つかの店舗《てんぽ》を持つ『ウィザード・ハート』が、本格的に日本進出して直営店舗を作ること、それに当たり日本人向けのイメージモデルを求めていることが書いてあった。

イメージモデルは、ブランドの広告戦略だけでなく、デザイナーが直接そのモデルを元にデザインを作ることも考えているため、自社ブランドの服のコンセプトに合った人間を選ぶとある。服にモデルを合わせるのではなく、モデルに服を合わせるというわけだ。

それだけでも、選出されるモデルの重要さがわかる。

しかも、テレビ、雑誌、ショー、カタログ等、全ての広告媒体《ばいたい》に使われるともあった。

トップブランドのトップモデル。

そりゃ社長じゃなくても興奮するだろう。

だが…。

「結局のところ、こいつはオーディションのお誘いでしょう?」

俺の言葉に、社長は夢見るような顔を現実に戻した。

咳払《せきばら》いをし、ゆっくりと自分の席に戻る。

「そうよ」

それのどこが悪いの? という顔だ。

「でも誰にでも来るものじゃないわ」

「どうかな? こっちの書類の方には事務所が特に推《お》したい人間がいるなら、同行を許可《きょか》するって書いてあるじゃないですか。つまり、事務所の名前の代わりに、そこで売れてる人間の名前が書いてあるだけってことでしょう?」

「そうじゃありませんよ！」

反論したのは社長ではなく、小林だった。

「だって、コンセプトモデルでしょう？　誰でもいいわけがないじゃないですか。『ウィザード・ハート』のイメージを崩すことなく、デザイナーのイメージをかき立てられる人間宛《あ》てに送られるんです。その上で、こちらが気づいていない方がいらっしゃるならってことだと思います」

社長と同じく、こいつもこの手紙に夢を見てるわけか。

まあ小林ならしょうがないが。

「そう、いいこと言うわ、小林くん」

味方を得た、ということで、社長の収まりかけていた興奮がまた再燃《さいねん》した。

「少なくとも、あなたは『ウィザード・ハート』の目に留まって、名前を覚えられていたのよ。そして未来への切符を手渡されたんだわ」

未来への切符ねぇ…。

「案外《あんがい》、もうモデルは決まってて、注目を集めるためにオーディションをやるだけかも知れませんよ」

そういうのはよくあることだ。

有名どころを集めてオーディションをして、集まった連中よりも優秀だったという触れ込みで自分達が確保していた人間を出す、というのは。

所謂《いわゆる》デキレースというヤツだ。

「そんなことはありません。ある程度有名な事務所にも配られているはずですから、そんなことをすれば後々《あとあと》問題になるでしょう。もしそういうことだったら、一般公募《こうぼ》にしたはずです」

「そうよ、小林くんの言う通りよ。それとも、鳴海は自信がないの？」

「そういうわけじゃないですよ。ただ、今の段階で夢を見過ぎてもいいことないって思ってるだけです」

「鳴海さんなら出来ます。どんな人が来ても、鳴海さんなら選ばれます。私に言ってくれたじゃないですか、ブランドモデルだってやれるって」

あれはノリだ。

だが今の状況ではそんなこと言えそうもない。

「それに、もしデキレースだったとしても、可能性がないわけじゃないわ。選ばれるモデルは男女五人ずつだもの、全員が決まってるなら、オーディションなんかやらずにもっといい宣伝《せんでん》方法を見つけるはずよ」

「はあ」

「たとえ一人だけが本当の募集枠《わく》だったとしても、あなたなら出来るわ。身長やスタイルだけでモデルやってるようなのとは違うのよ。あなたは顔もいいし雰囲気も持ってる。デザイナーだってきっと惚れ込むはずよ」

　ダン、とデスクを叩いての力説だった。

「やるわね？」

「誰もやらないとは言ってませんよ。ただ社長の勢いに引いただけです」

「それじゃ…」

「オーディションは嫌いですけど、受けるくらいしますよ」

「それでこそ鳴海よ！　ああ、折角の同行者許可だもの、誰か選ばなくちゃ。オーディションは来週の月曜だから、忘れないでね」

「はい、はい」

　社長の興味が他に移ったのを確認して、俺は社長室を出た。これ以上ここにいると、更なる夢を語られそうな気がして。

　それに、呼び出しの用件がこれなら、もう用済みだろう。

「鳴海さん、オーディション嫌いなんですか？」

　部屋を出ると、すぐに小林が俺の服の裾《すそ》を引っ張って訊いた。

「ん？　ああ」

「どうしてですか？」

「観察《かんさつ》されるみたいにジロジロ見られるのが嫌いなんだ」

「でもオーディションでしたら見られるのは仕方ないのでは…」

「だから嫌いなんだよ。まあいい、オーディションの詳しい内容は社長に聞いとけよ」

「あ、はい」

小林はじっと俺を見上げていた。その顔を見て、ふいにウィルとの会話を思い出す。

これが可愛い、か。

小動物のよう、という意味では可愛い気もするが…。

「お前…」

スタイリストの清水と仲がいいのか、と訊こうとして止めた。

こいつが清水と親《した》しかったから何だって言うんだ。

「何ですか？」

「いや、何でもない。帰りにヤキトリ屋でも行くか？　一度行ってみたいって言ってただろ。それともう一人で行ったか」

「いえ、まだ入ったことありません。行きたいです！」

「じゃあさっさと聞いてこい。十分しか待たないからな」

「はい」

勢いよく社長室に戻ってゆく小林の後ろ姿を見送りながら、一瞬だけ、あいつがベッドに横たわる姿を想像してみた。

だがそれは、子供が寝入っているような、穏やかな寝姿でしかなかった。

「…想像できねぇよ」

小林とセックスは、俺にとっては未だに遠い言葉でしかなかった。


『ウィザード・ハート』のオーディションは、三次選考まである、とのことだった。

一次選考は、簡単なモデルとしての資質審査《ししつしんさ》。つまり、ウォーキングやポージングなど、出来て当たり前のことが出来るかどうかと、世に出回る写真と現物の差をチェックするものだ。

声をかけたモデル以外も集まるのだから、まあ妥当《だとう》だろう。

二次選考は会社の上層部《じょうそうぶ》も立ち会いで、これが本当の絞《しぼ》り込み。

三次になってようやく答えを出すための審査となるわけだ。

選ばれた人間しか呼ばれないというのに、翌日から撮影現場のモデル達の間では、その話題で持ちきりだった。

「モデルだけじゃないんだろう？　俳優のところにも何人か来てるって」

「うちのモデルクラブは二人に来てたぜ」

「日本展開対応だって言うのに、ハーフや外国人系も入ってるらしいじゃん」

選ばれるのは男女共なので、女性陣《じん》からもその話題が聞こえていた。

「『ウィザード・ハート』って、スレンダー系が多いわよね」

「あそこって、デザイナー五人いるから、デザイナー一人につき男女一人ずつのモデルが選ばれるんじゃない？」

「だったら、自分に合うデザイナーの好みに絞った方がいいのかも」

もちろん、俺もその話題に引き込まれた。

「ねぇ、鳴海のとこにも来た？」

「ああ」

「やっぱり。あなたって『ウィザード・ハート』向きだものね」

「そうなのか？」

「あそこのメンズってガッチリした人には向かないから、痩身《そうしん》ワイルド系がいいのよね」

女はやっぱりそういうことに詳しいな。

「去年の革コートのオーダーカタログ見たけど、似た感じのモデルがいたわよ」

「ふぅん」

「『ふぅん』って、興味ないの？」

「特には」

「だって、世界進出じゃない」

「服来て写真撮ったり歩いたりするだけだろ。いつもと違いはないよ」

「こんなに大規模《だいきぼ》な選考会、滅多《めった》にないわよ」

「かもな。でもどうでもいい」

撮影の合間ごとに聞かされ続けてれば、もううんざりだ。

今までだってトーキョーコレクションで世界ブランドのショーには出たことがある。だから、今更『ウィザード・ハート』だと言われても、本当に大して気にもしていなかった。

モデルはステージモデルとグラビアモデルとで違いがある。

けれど俺は両方をこなして来ていたので、どっちの審査を受けてもこれが初めてというわけではなかったから。

「なるようになるさ」

としか言いようがなかった。

「選ばれたいわ。そのためならデザイナーと寝てもいいわ」

と熱弁《ねっべん》する女に、「そんなもんかね」と答えることしか出来なかった。

帰りの車の中、思わず小林に言ってしまった。

「みんなが騒ぐ理由がわからん」

「だって、ブランドモデルですよ?」

「拘束力が強いだけで普通の仕事と変わらないだろう?」

「そんなことないですよ。選ばれれば、鳴海さんのいいところを世界中に宣伝してもらえるんですよ？」

「俺は別にそんなことしてもらわなくてもいい」

「…じゃあどんな仕事がしたいんですか？」

訊かれるまで、そんなこと詳しく考えたことはなかったので、ハンドルを握ったまま俺は暫く考えた。

モデルを始めたのは、家を出るためだけだった。

だが続けているのは…。

「世界を造るようなのがいい」

「世界を造る？」

「昔、冬の海に入ってく仕事があって、意地でやったんだが、出来上がりのフィルムを見て自分でもちょっと感動した。服を着てポーズを取るより、動きがある方が好きなんだろうな。自分がこれを作ったんだと思ったら気持ち良かった」

他人に負けたくないと思ったのも、あの時が初めてだった気がする。

「だから、強《し》いて言うなら空気を感じる仕事が好きだ」

「鳴海さんはアーティストなんですね」

「別に。俺は何にも作れない。服も、セットも、みんなスタッフが作ったものだ。ただ…、その中に入りたいってことかな。好きな仕事なんて考えたことがないからよくわからん」

真面目に語ってしまったことが恥ずかしくて、もうそれ以上は言わなかった。

「『ウィザード・ハート』の仕事、絶対に取りましょう。あなたのために、世界を作ります。いえ、あそこなら作ってくれます」

「ふん…」

「私が鳴海さんを好きになった理由が、少しわかった気がします。他のモデルみたいにギラギラしてないところがいいんです。自分を打ち出すより、世界の構成物になりたいっていう姿勢が、出来上がったものを壊さないで、完璧な形に仕上げてくれるからなんですね」

運転中だから、小林の顔を見ることは出来なかった。見なくても、きっとまたいつもの憧れの視線だろうとわかっていたけれど。

だがそのいつもの言葉が、スタジオでギスギスした空気の中にいた俺には嬉しかった。賛辞ではない。もちろんおだてでもない。『俺』を理解しようとする言葉が。

「お前は何でもいいように取るな」

「そんなことないです」

「悪いと言ってるわけじゃないぞ」

「はい」

押し付けがましくない自然な会話。

小林にはつい、いらぬことまで話してしまう。

だが、そんなのんびりとした会話ができたのは、オーディションが始まるまでのことだった。

問題のオーディションの日、俺は会場に到着してからその危機感とプレッシャーを改めて体感することになった。

どの現場でも、オーディションのピリピリとした空気は好きではなかった。

ふるいにかけられる方は欲望剥き出しだし、かける方は射《い》るような視線で粗探《あらさが》しをする。

撮影現場の真剣勝負とは違う、否定するための空気が好きじゃないのだ。

けれど、今回はそれが今までの比ではなかった。

用意された会場は大きな展示場をパーテーションで幾つかの部屋に仕切ったものだったが、どの部屋も人で一杯だった。

それも、殆どが顔見知りか、雑誌やテレビなどで見かけたことがある人間ばかりだった。

女性のオーディションは明日ということで、その全てが男。

普通男がこれだけ集まるとむさ苦しいものだが、華《はな》やかでコロンの香りが漂《ただよ》っていた。

見知りがいると言っても、誰も声をかけて来る者はいない。目線が合えば、軽く会釈《えしゃく》程度はするが、皆自分のことで必死だった。ピリピリとした空気が、肌を刺す。

重苦しくて、嫌な感じだった。

小林は会場の中へは入らず、建物の中にある喫茶店《きっさてん》で待つことにしたが、それでよかったのかも知れない。

あいつには、こういう雰囲気は似合わない。

「では、一番から順番に十人ずつ入ってください」

と言われ、順番を待つ。

俺が受付で貰った番号は三十二番だった。

大して待つこともなく順番はやってきて、呼び出される。

「次、三十番から」

と言われ、順路を進む。

同じグループにいるのは、何度か一緒に仕事をした人間ばかりだった。

パーテーションで作られた細い通路を抜けると、広い空間に出る。そこには長いテーブルに外国人を交《まじ》えた何人もの人間が座り、こちらを見ていた。

そのうちの何人かが、ボールペンで俺を示して何か言葉を交わした気がした。

だがそんなものに注意を向けている暇《ひま》はない。

「そこに並んで、こちらに向かって歩いて来てください」

司会者のように、スーツ姿の女性が命じる。

俺達は十人全員が横に一列になって、真っすぐテーブルに向かって歩き出した。

ただ歩いただけだ。

けれどそれだけでもう選別が始まった。

「三十一番、三十九番、ありがとうございました。他の方はターンして元の場所に戻り、もう一度こちらに向かって歩いてください」

アシスタントに促《うなが》され、早くも二人が脱落《だつらく》する。

落ちたのは、雑誌ではトップページを飾れるようなヤツだった。

「三十四番、三十六番、ありがとうございます」

と言われ更に二人減る。

そのうちの一人は知らないが、もう一人はステージモデルで、ウォーキングには問題があるようには思えない者だった。

「残りの方、こちらへ来て、一人ずつあちらへ向かって歩いてください」

今度はテーブルの前を横切るように歩き出す。

前が一人欠《か》けたので、俺は二番目だ。

「次」

と言われて歩き出すと、妙に静かな空気の中、テーブルに付いていた審査員達が何かを書き留めるペンの音が聞こえた。

「三十二番と三十七番と三十八番の方、もう一度歩いてください」

俺を含めた三人がもう一度歩かされ、このグループは終わりだった。

「どうぞこちらへ。本日はありがとうございました」

と促されて入って来たのと反対の側から退出させられる。

出て行く時に、俺と一緒に歩かされた三人だけが封筒《ふうとう》を渡された。

流れ作業だ。

審査と言ったって、審査員と言葉など一言も交わさなかった。

「一次はお互い合格みたいだな」

三十七番の、見知りのモデルが渡された封筒をひらひらと振って近づいて来る。龍二《りゅうじ》という名の、海外経験もあるステージモデルだ。

「これで終わりかよってカンジだ」

「海外じゃみんなこんなもんさ。三次までやるなんてのは珍しいがね。それだけプロジェクトがでかいってことだろ。まあ億《おく》単位の金が動くんだから当然だけど」

そんなに親しくもない俺に声をかけて来るということは、彼程《ほど》の人間でもプレッシャーを感じていたということだろう。

「俺は残るぜ。遠慮《えんりょ》はしないからな」

挑《いど》むようなセリフを口にするのも、虚勢《きょせい》だ。

「じゃあな」

去って行く彼を見送りながら、俺もまたこの場の空気に呑《の》まれていることを感じずにはいられなかった。

ものの十分程度だ。

集められた人間の数からすれば当然なのだが、気が抜けるというか、どこか釈然《しゃくぜん》としないものが残った。

俺は小林が待っている喫茶室に向かうと、一人アイスミルクティーを啜《すす》っていた彼の前にポン、と封筒を投げ出した。

「合格したんですね」

小林は察しがよく、封筒を見ただけでそう言った。

「ただ歩かされただけだった」

俺は座らず、顎《あご》で『出るぞ』と示してさっさと背を向ける。

今日はこのオーディションのために時間を空《あ》けていたから、もう他にすることはなかった。

小林は封筒を掴み、慌てて後を追ってきたが、振り向くこともせず駐車場へ向かう。

「凄いですね。やっぱり鳴海さんだ」

車に乗り込み、エンジンをかけ、走り出す。

「次もきっと上手く行きますよ」

こんなのが、あと二回も続くのか。

人を品物のように扱って、言葉すら交わさなかった。

落ちて行った者の中には、自分がある程度の実力を認める者もいた。二次に進めば、それがもっと増えるだろう。

自分は、このオーディションをもっと簡単に考えていた。

いつもの仕事と同じ程度だろうと。何人かの候補者、好みやイメージという言葉での選別。

だが実際は否応《いやおう》のない事務的な選別だった。個人ではない、個体を選んでいるだけ。

そのポジションが欲しいと、欲望を剥き出しにして集まった同業者。牽制《けんせい》と威嚇《いかく》、互いに探り合い、無言の圧力をかけて来る。

声をかけて来た龍二なんて可愛いものだ。

控室で待たされている時には、何も言わずに全身で闘争心を剥き出しにしている者もいた。

自分の心の中に、二つの気持ちが生まれている。

これだけ大きな仕事ならば手に入れたいという気持ちと、その欲に押し潰《つぶ》されて落ちることへの僅《わず》かな恐怖と。

お前にそれが出来るのか？　と自《みずか》らに問い返すのは初めてだった。

いつだって、自分になら出来ると思っていた俺が、この仕事を始めて初めて、自信を揺《ゆ》らがせている。

「次は質疑応答《しつぎおうとう》やなんかも入るかも知れませんから、『ウィザード・ハート』の資料を集めておきました。後で目を通してくださいね」

ハンドルを握る手に、汗を感じる。

それはとても嫌な汗だった。


「『ウィザード・ハート』のオーディション、カイルが落ちたんだって」

「マジ？　だってカイルってミラノにも出たことあるんだろ？」

「ただ歩かされただけで何がわかるんだよ」

「何？　お前も落ちたの？」

耳に届く噂話。

「モデルじゃなくて、俳優の吉川良輔《きっかわりょうすけ》が受かったってさ」

「スポーツ選手もいたって話じゃん」

聞こえてくるのは、あのオーディションの規模の凄さばかり。

元々、仕事に意欲的な人間ではないので、俺の仕事はオファーが来たものばかりだった。

社長に言われてオーディションを受けたこともあったが、それ等は所詮《しょせん》社長がチョイスした

『選ばれるであろう』確率の高いものばかり。オーディション嫌いと、仕事に困っていなかったこともあってそんなに数も受けていなかった。

　会場にあんな大勢が押しかけているオーディションなんて。

「あの鎌田《かまた》も落ちたって」

と言う言葉が『あの鳴海も落ちたって』、になるのが怖い。

落ちることとは別に怖くはない。だが、それを言い触らされるのが嫌だ。

「聞いたんだけど、選ばれたモデルはデザイナーの専属で、やっぱりアメリカとかにも行くらしいぜ。あっちのコレクションに立てるんだって」

「アジア向けのカタログ全部に載るんだろ？」

「契約金も凄いらしいから、違約金《いやくきん》も凄いんだろうな」

仕事の重みを、直接ではなく周囲からじわじわと聞かされるのも嫌だ。

「いいこと、鳴海。一次は通って当然。二次、三次でしっかりアピールして頑張るのよ。これでうちの事務所も超一流だわ」

社長の過大な期待も嫌だった。

俺は自分のペースで仕事をしたい。

自分の望みではなく、誰かの望みのために仕事をするのが嫌だ。

仕事の出来ではなく、それ以前のところで選別されるのも好きじゃない。

『ウィザード・ハート』の仕事の話題が出る度に、イライラして不快な気分になる。

こんな感覚は初めてだった。

これがプレッシャーに負けるってヤツなのだろうか？

そんな俺の横で、何も知らない小林は社長と同じように浮かれていた。

「『ウィザード・ハート』はラフとセクシーの両方のコンセプトがあるんですけど、鳴海さんならそのどちらでも大丈夫です」

あの空気を知らないから口にするのんきなセリフ。

「鳴海さんは絶対に合格しますよ」

業界のことを知らないから出る安直《あんちょく》な夢。

「二次にはトップの連中が列席しますから、着て行く服から選ばないと」

わかりきったことで神経を逆撫《さかな》でされる。

「実はちょっとしたツテがあって、『ウィザード・ハート』の昔の服が手に入ったんです。これ、絶対鳴海さんに似合うと思うので、是非二次審査の時に着て行ってください」

いつもなら、俺を褒め称《たた》える小林の言葉は癒《いや》しだった。

自分の自信をかき立ててくれるものだった。

だが、今はそんな言葉が余計に俺をイラつかせた。

お前に何がわかる。

オーディションを受けるのは俺だぞ。

業界のことも、この仕事の凄さも、何も知らない素人のクセに。

「鳴海さんのために作られた服を、日本中の人が着る日が来るんですよ」

そこまで持ち上げて、どうにもならなかった時に俺に何と言うつもりだ？

俺のファンだから、目が眩《くら》んでるだけだろう。お前は現実をちっともわかっていない。

小林はそのことばかりに固執《こしつ》して、朝から晩まで『ウィザード・ハート』の話ばかり。それが余計に俺を苛立《いらだ》たせる。

お前のために、トップモデルになってやってもいいとは思った。

だがお前はトップモデルの俺を夢見てるだけじゃないのか？　今の俺ではなく、自分が思い描いた『鳴海』を見てるだけじゃないのか？

これで俺がオーディションに落ちて、お前の想像と違うと知った時、今までのマネージャーと同じように俺のことを『なんだ、こんな人だったのか』という目で見るんじゃないのか？

そのことを考えると、腹の底が疼《うず》くように痛んだ。

仕事のことを考えるのも嫌だったが、変貌《へんぼう》する小林を想像するのはもっと嫌だった。

もしかしたら、これに失敗してこいつの言葉を、眼差しを、心地良いと思っていた小林の全てを失ってしまうのではないかということが、怖いのかも知れない。

だからこの仕事のことは考えたくないのかも…。

なんてらしくないことを考えてしまうほど。


二次オーディションを翌日に控えたオフ日。

本来ならコンディションを整《ととの》えるための休養日なのだが、落ち着かない気持ちを紛《まぎ》らわそうと、珍しく朝から酒を飲んでいた。

「これは向こうで『ウィザード・ハート』が使っていたモデルの写真なんですけど、少しでも参考になればと思って」

だからかも知れない。

珍しく仕事ではなく俺の部屋に行っていいかと連絡して来た小林が、部屋に入るなり言った一言にカチンと来た。

「俺に他人の真似《まね》をしろって？」

彼は良かれと思って資料を集めてるだけだと、頭では理解しているのに心が付いていかなかったのだ。

「いえ、そんなつもりじゃ…。ただ雰囲気とかが掴めるかと思って」

小林が俺の言葉にうろたえると、その態度に嗜虐的《しぎゃくてき》な気持ちが湧き上がる。

「他人の雰囲気なんか俺には関係ない」

ソファに踏《ふ》ん反《ぞ》り返って座ったまま、傍《かたわ》らに立っていた小林の手を取って隣に座らせた。小柄な彼は簡単に引っ張られ、倒れるように隣に座る。

その手軽さが、また意地の悪い面白さを満足させた。

「…そうですね。すみません。鳴海さんは鳴海さんの良さがあるんですものね」

「へえ。じゃあお前はそれをどんなものだと思ってるんだ？」

「え…」

「言ってみろよ」

小林を、何度か小動物のようだと思ったことがあった。

それは愛玩《あいがん》する対象という意味で思ったことだったが、今は違う。簡単に自分の思い通りになるものとして、こいつは小動物のようだと思った。

肉食獣の自分の獲物《えもの》になるようなか弱さだ、と。

「それは…、背も高いし、手足も長いですし…」

「モデルだったら誰だってそうだろ。お前は俺が好きだって言うんだから、俺だけのいいところを言ってみろよ」

言いようのない苛立ちの憂《う》さを、こいつで晴らそうとしているだけだ。わかっているのに、いじめてしまいたくなる。

だって、こいつは『俺のもの』だから。俺が何をしてもいいんだ。

「…鳴海さんは…」

いじめてもいい。

可愛がってもいい。

無視してもいい。

それでもこいつは俺に付いて来る。

その自信がある。

「目が好きです。空っぽな目をしていて、そこにある瞬間ぎゅーっと何かが詰まるのが」

「何だそれ」

いじめてやりたかったけれど、伸ばした手が触れた頬が温かくて触り心地がよかったので、可愛がってやる方にしようかと思った。

だが目の前で、小林が違うものに変わったから、そんな気分はどこかへ消えてしまった。

「初めて見た時には、何て綺麗に自分を作れる人なんだろうと思ったんです。でも一緒にいてそうじゃないいんだって気づきました。あなたは空っぽで、そこに仕事で与えられた色を詰め込む。だから求められるものに綺麗に変化出来る」

さっきまで見えていた戸惑うような、恥じらうような表情が消え、ふいに浮かび上がるどこか遠くを見ている男の顔。

「無垢《むく》だと思ったんです。強いのに、美しいのに。自分もそれを染め上げてみたいって思わせるほど」

俺を見てるのか？

俺じゃない『俺』を見てるのか？

「色んな『人』を演じさせたい。きっと無限だ。この人なら、何にでもなれる」

「つまり、俺自身は空っぽで何にもないってことか」

腹が立った。

彼の目が、一瞬でも自分から離れたと感じたことが、それを寂しいと思った自分が、腹立たしかった。

「あ、いえ。そういう意味じゃなくて。他のモデルさんは我が強くて…」

すぐに戻ってきたいつもの顔。

簡単に捻《ひね》ってしまえる弱々しい存在。

「…うるさいよ、お前」

後ろから俺だけを見上げているはずじゃなかったのか？　お前も他の連中と同じように、俺の上を素《す》通りするのか？

勝手なイメージだけを先に作り上げてチヤホヤし、後で手のひらを返したように態度を変えるのか？

「鳴海さん…？」

イラついていた。

理由はただそれだけだ。

殴《なぐ》るにしては、相手が弱すぎるから、他の方法を取っただけだ。

「少し黙れよ」

「でも、鳴海さんが…」

「お前が喋ってるのは俺の訊いたことじゃない」

「でも…」

近づく俺の顔に、小林は頬を染めた。

それで俺はこれは許されることだと思った。

「イライラすんだよ。何にもわかってないクセに好き勝手なこと言いやがって」

キスではなく、唇を合わせたのは軽くその鼻先を指で弾《はじ》くのと同じ程度のことだった。

合わせてみたら、違和感がなくそれがキスになるから、行為がセックスに直結した。

「俺だったら絶対選ばれる？　絶対って何だよ。絶対って言ってなれなかったら何て言うつもりなんだ？」

「それは…」

肩を押すだけで、小林はソファの上に仰向《あおむ》けに倒れた。

「あ」

ぽかんとした顔は、俺が何をするかなんてこれっぽっちもわかっていない顔だった。

「お前は俺をバカにしてる」

「そんな…！　そんなことは絶対…」

「絶対と言うな」

そんなものはあり得ない。

「俺に『絶対』の夢を見るな。俺はそんなもの、持ってない」

覆《おお》い被さると、小林の身体はすっぽりと俺の中に入った。

百八十五あるモデル体型の俺と小柄な小林を比べることがおかしいが、その差が更に、こいつは自分の玩具だと思わせた。

「…な…、鳴海さん…っ？　酔って…！」

スーツの前を開け、ワイシャツのボタンを外したところでさすがに小林もこちらの意図《いと》を察したのだろう、慌てて身体をジタバタとさせた。

何の役にも立たない抵抗だ。

「…酔ってない。気分転換《きぶんてんかん》にセックスするなんて、いつものことだ。俺は『無垢』じゃないからな」

セックス、という言葉を聞いて、小林の顔から表情が消えた。

「お前、俺のこと好きなんだろ？」

シャツのボタンを外して前を開くと、そこには思っていたよりもずっと白い肌があった。

こいつの言う通り、酔っているのかも知れない。相手は男だとわかっているのに、その肌の白さにそそられるなんて。

水割りを二杯か？　三杯か？　その程度なら酔うはずはないのだが…。

「さっきキスした時も抵抗しなかったじゃないか。驚きもしなかった」

そうだ。

普通なら『何するんです』と喚くところだ。

なのにこいつは顔を赤らめただけだった。

だからこれは『悪いこと』じゃない。こいつの望みを叶えてやるだけだ。

「それは…」

「いつも物欲しそうな目で見てるんだから、いいだろ」

そうではない。いつもお前は俺を憧れの目で見ていただけだった。けれどそう言わないと、俺に理由がなくなってしまう。

「鳴海さん…っ！」

もう顔は見なかった。

白い、平坦《へいたん》な胸に顔を埋《うず》め、肌を舐《な》める。

微《かす》かなコロンの香りが鼻をくすぐる。

「や…」

下肢《かし》に手を伸ばすと、男の膨《ふく》らみに触れた。

他人の性器など見たくもない。ショー等で着替える時も、ブラブラさせてる他のモデルのイチモツなど、興味もなかった。

だが柔らかな布の下にある小林のモノには興味があった。

片手で包み込める程度のそれを握り、軽く揉《も》む。

小林の声が止み、身体が固まる。

「気持ちいいんだろ？」

訊いても答えはなかった。

白い胸、女と変わらないピンク色の乳首。

誰かが言っていたっけ、ステージモデルの平坦な胸と大差ない、と。その通りだ。口に含むと柔らかく、歯先で噛むと弾力《だんりょく》があるのは、女と変わらない。

舌先で転がす小さな突起《とっき》。

それに合わせて手の中に置いたモノが硬《かた》くなる。

ソコが反応すると、気が軽くなった。

何だ、小林だって喜んでるじゃないか、と。

「う…」

下を見ないまま、ファスナーを下ろし、中に手を差し込む。

下着は下ろさぬまま前の穴から手を差し入れ肉を握る。それは自分のモノよりもずっと柔らかく滑《なめ》らかだった。

けれど硬さはあり、それがどんどん増してくる。

「ひ…っ」

何だ、男でもイケそうじゃないか。

「う…」

酔ってゆく。

酒にじゃない。

行為にだ。

胸を舐めながら、下を握りながら、服を剥ぎながら、自分より高い体温に溺《おぼ》れてゆく。

そういえば、セックス自体するのは久々だった。小林が来てから、あまり遊びに出ることがなかったので。

飲みには行ったが、女を抱く気にならなかった。

別に淡泊《たんぱく》なわけじゃない。それまでは適当に遊んでいた。だが、小林が来てから、女を抱くよりこいつをからかうことの方が面白かっただけだ。

体型を気にしてダイエットしたり、見た目を取り繕うために化粧を重ねる女より、くるくると表情を変える小林の方がいいと思っただけだ。

遊び慣れた女より、快感にどう反応していいかわからず、ただ身体を強ばらせるだけのこいつの反応の方が煽《あお》られる。

こうしてちょっと握るだけで…。

「あ…っ…」

芝居ではない声を上げるこいつの方がイイ。

抱いて、触って、キスして…。

この後どうするんだっけ？

女だったらイッパツブチ込むところだが、男だとケツの穴か？

こんな細い腰に、俺のモノが入るのか？

だがきっと入るんだろう。他の連中だって入ってるのだから。

「あ…ぁ…。や…っ」

激《はげ》しい息遣い。

震える身体。

握っていたモノを放し、ズボンのボタンを外して下ろす。ズボンはすぐに下ろせたが、下着は引き出したモノが引っ掛かって下ろせなかった。

目をやると、勃起《ぼっき》した小林のモノが見える。

薄い色の小さなソレは、グロテスクさはなく子供のモノのようだった。

これなら舐めてやれる。

そう思いながら身体を起こすと、そこで初めて小林の顔が目に入った。

「…」

涙でぐしゃぐしゃになった顔は赤く染まり、同じく真っ赤になった目からは今も涙が溢《あふ》れ続けている。

震える唇からは荒い息。

時折それが嗄《か》れた声で「いや…」と小さく繰り返す。

剥ぎ取られた服は、まだ手足に残っていた。だが、身体はもう肌を晒《さら》し、そこには俺が付けた赤い斑《はん》が残っている。

扇情的《せんじょうてき》でありながら、痛ましい姿。

喜んでいるというより、暴力的《ぼうりょくてき》に奪われたと示しているその姿に、胸が締め付けられた。

「な…」

俺は引きつった笑いを浮かべながら身体を離した。

「何だよ…、被害者面《ひがいしゃづら》して」

髪をかき上げるフリをしながら、目を逸《そ》らす。

「お前がずっと俺を好きだって繰り返すから、ちょっと相手にしてやろうと思っただけだろう」

「なる…」

「興《きょう》ざめだ」

居たたまれなくて、俺はソファから立ち上がった。

「お前もういいよ」

これじゃ俺が悪者じゃないか。

俺が悪いわけじゃないのに。

俺を好きと言うこいつが悪いのに。俺の気持ちも知らず浮かれたこいつが、俺を見ずに自分の築き上げた理想を見ているこいつが悪いのに。

「二度と顔見せるな」

テーブルの上に出しっ放しになっていたウイスキーのボトルを掴むと、俺はそのまま奥の寝室へ向かった。

小林のことなど振り向きもせず。

自分のしでかしたことを忘れるために、ベッドに座って酒を呷《あお》った。

みんな勝手だ。

だったら俺だって勝手にやって何が悪い、と。

責める言葉は言わなかった。

なじられもしなかった。

大きな目にただ涙だけを溜《た》め、『いや』と繰り返しただけだった。

なのに俺は自分の苛立ちを彼にぶつけた。

自分でもどうにもならない初めてのプレッシャーに負けた。そのことが恥ずかしくて、悔しくて、ただその捌《は》け口《ぐち》を求めた。

きっと、小林なら許してくれる。

小林なら受け止めてくれると思い込んでいた。

俺は誰とでも寝る。

もちろん、そういうことに対して価値観が同じ女しか相手にしなかったが。

でも小林はそういう人間ではないとわかっていたはずだ。すぐに赤くなるのは、そういうことに慣れていなかったからだ。

わかっていたのに、手が止まらなかった。

最初から彼の顔を見ていたら、見続けていたら、きっともっと早く『悪かった』と気づいただろう。そして笑いながら冗談だ、もう仕事の話はするなと言って終わっただろう。

だが俺はその顔を見ていなかった。誘うような白い肌と、思っていたより抵抗を感じない細い身体と、素直な甘い声しか見なかった。

それだけに酔っていた。

小林を…、こいつを抱きたいという気持ちに惑わされた。

失態だ。

最悪だ。

翌日、苛立ちも酒も抜けた頭で一番最初に思ったのは、小林に謝ろうということだった。

昨日はお前の言う通り、酒に酔っていた。だからあんなことをしてしまった。酔っていても許されないことだと、素面《しらふ》の今ならわかるから、あれはなかったことにしてくれ。

そう言おうと思っていた。

だが、俺がその気持ちを実行に移す前に、枕元に投げ捨てていた携帯電話が鳴った。

一瞬、小林からかと思って慌てて手に取ったが、着信の名前は『小林』ではなく『杉内社長』の表示だった。

「はい」

面倒臭い。

今は仕事の話などしたくないのに。

『もしもし、鳴海？　もういい加減にして頂戴。何が不満だったの？』

キンキンとした社長の声に殊勝《しゅしょう》な気持ちが吹き飛ぶ。

「…何です、朝っぱらから」

『何って、小林くんのことよ』

言われて、しまったと思った。

俺に文句はつけられないから、社長に泣きついたのか、と。だがそうではなかった。

『朝一番に辞表《じひょう》を出してったわよ。あんなに仲良くしてたのに、どういうことなの？』

「…え？」

『あなたに辞めろって言われたって。…もしもし、鳴海？　聞いてるの？』

「辞めた…？　小林が？」

『鳴海？』

辞めろだなんて、俺は言って…。

いや、言ったかも知れない。もう二度とここへ来るな、と。

だが『辞めろ』ではない。辞めて欲しかったわけじゃない。あれはただ、自分のしたことにバツが悪くなって言っただけの暴言《ぼうげん》だ。本心じゃない。

そんなのわかるだろう？

今まで俺はお前のことを気に入ってると何度も言ってやったはずだ。

『何か行き違いがあったのね？　あなたは辞めろと言ってないのね？』

だが昨日のことを思い出すと、彼が辞めると言い出したことを咎めることは出来なかった。

「…出て行けとは言いました。でも辞めて欲しかったわけじゃない」

誰だって、自分を強姦《ごうかん》した男の世話など焼きたくないだろう。

この様子だと、社長は昨日何があったかは知らない。それを伝えなかったのが、せめてもの彼の心遣いなのだろう。

俺を訴えることも出来るのに。

酷いことをされたと泣きつくことも出来るのに。

あいつはそれをしなかったのだ。

『…わかったわ。あなたにその気がないならいいのよ。ちょっと行き違いがあっただけなんでしょう？　それなら何とか説得してみるわ』

そのことが余計に俺の罪悪感をかき立てる。

『そういうことなら、小林くんのことは私に任せて、あなたは今日のオーディション、頑張って頂戴。ほら、彼だってとっても楽しみにしてたでしょう？」

「…ええ」

『しっかりして。目を覚まして。私がすぐに小林くんに連絡取るから。あなたも反省《はんせい》してるみたいだって言うから。それでいいんでしょう？』

「…別に」

あのことだけは、自分が悪い。

それだけは動かし難い事実だ。

「辞めたいなら辞めればいい。どうせ繋ぎだったんですから」

『鳴海』

「それじゃ。俺はオーディションの準備がありますから。マネージャーがいないんで、自分でやらなきゃならないんでね」

『鳴海』

言うだけ言って、俺は電話を切ってしまった。

後悔も反省もしてはいる。けれど、心のどこかであんな言葉、本気に取らなくてもと思っていた。

たかがあれぐらいのことじゃないか。

十代のガキじゃあるまいし、ちょっと触っただけのことだ。最後までしたわけじゃない。

しかもあいつは俺を好きと言ったのだ。だったら全面的に俺だけが悪いというわけではないだろう。

「…クソッ」

あんなヤツ、いなくたっていい。

ちょっと気分を良くさせてくれただけのファンじゃないか。俺の気まぐれでマネージャーにしただけだ。あいつが欲しくて手元に呼び寄せたわけじゃない。

「…あいつ週刊誌に売ったりしないよな」

今頃、夢破れたとか思いながら泣いてるに違いない。

あんな人とは思わなかったとか何とか。

…俺は俺なのに。

ワガママで自己中で、頭だってそんなに良くない。ただ見てくれだけが他人よりいいというだけの、普通の男なのに。

「…誰も本当の俺をわかってくれない…、なんてダッセーこと言うかよ」

ベッドから降り、リビングへ向かうと、昨日の凶行《きょうこう》の後は何も残っていなかった。

歪んだソファやテーブルは元の位置に戻してあったし、出しっ放しだったグラスもきちんとしまわれていた。

そしてクローゼットの扉の前には、服が一揃え吊《つ》るしてあった。

それは小林が、オーディションのために用意した服だった。

「こんな服…」

黒のロングカーディとグレイのラフなシャツ。パンツは細身の黒で、サイドにはカーディガンと同じ素材でラインが入っている。

シルエットが細く長く見える、俺の好きなデザインだった。

「…うるせぇな。着てけばいいんだろ」

耳元で、小林の声が聞こえた気がして俺は呟《つぶや》いた。

『鳴海さんなら絶対…』

落ちて、お前に見下げられるのが怖かったという本音《ほんね》が言えなかった自分を恥じながら。

あの肌に触れた瞬間、欲しいという衝動《しょうどう》に勝てなくなった欲望を自覚しながら…。


二次オーディションの会場は、一次とは全く違っていた。

場所は『ウィザード・ハート』の本社が入っている高層《こうそう》ビルの一角《いっかく》。

一次の終わりに渡された封筒の中に入っていた書類に因《よ》ると、今回はデザイナーも二名同席するらしい。

ガラス張りのエントランス。

午後の陽光《ようこう》が差し込む明るいフロアには、同じ雰囲気の男達だけが集っている。女性モデルとはまた別の日程になっているのだろう。

「やあ、鳴海」

誰かと話をするのも億劫《おっくう》だと思っていたのに、一番最初に俺に声をかけてきたのは、あろうことかあの若林だった。

「奇遇《きぐう》だな。君も二次に残ったのか」

落ちた中にはモデル一本で名を馳《は》せた者もいる。なのに何でこいつがここにいるのか。

そして若林もその事実を認識しているのだろう、マオカラーのジャケットでセミフォーマルに決め、自信満々って顔をしてやがる。

「見学なら止めといた方がいいんじゃない？」

彼も選考メンバーだとわかっていながらワザとそう言う。

「見学じゃないさ。俺も合格組だよ」

「へぇ…、見る目のない」

若林は俺を上から下までジロジロと眺めた。

「…何だよ」

「いや、モデルってのはいいな、独自のルートがあるみたいで」

「何だ？」

「しらばっくれるなよ、君の着てる服のことだ。そいつは『ウィザード・ハート』の去年のニューヨークコレクションで発表されたデザインのショップ版だろ？　日本じゃ未発売のはずだ」

この服が…？

「よく知ってるな」

「勉強家だからね。自分が挑む役について、知るべきことはちゃんと調べている」

そういえば、質疑応答があるかも知れないからと小林も資料を揃えていたな。

…目も通してなかったが。

「モデルは役者じゃない」

「役者だ。デザイナーの作るイメージを演じる。お前達モデルはそんなことも考えず、服だけ着てればいいと思ってるんだろ？　そんな中身のない連中には負けないよ」

「ここでそういうセリフを吐くなんて、度胸があるな」

若林は、にやっと笑った。

「聞かれて困るようなことは言ってない。本当のことだ。俺は敵を作ることを恐れない。特にお前みたいに必死になったことがないようなヤツに負けたくないのさ」

「俺が楽してると？」

「違うのか？　町中でスカウトされて、ちゃんとした事務所に入って、いい仕事を貰えた。ただそれだけでここにいるんだろう？」

「…何だと？」

「俺は自分の共演者のプロフィールもチェックするんだ。もしそれが間違ってたら謝るが、その通りなら下げる頭はない」

…こいつ。

「いいとこ見せろよ？　デクノボウよろしく歩いてるだけじゃ、俺には勝てない」

「お前ごときに負けるかよ」

「その言葉、楽しみにしてるよ。おっと、時間に遅れるから失礼」

若林は俺に反論する隙《すき》を与えず、そのままエレベーターに消えた。

自分ももう行かなくてはならないから乗り込もうとしたのだが、目の前で扉を閉じられた。

「あの野郎…」

冷静になれ。

こんなのはしょっちゅうやられてることじゃないか。

カッカさせて、相手の失敗を誘うつもりなのだ。

これで俺が怒りを持ったままオーディション会場に行けば、ミスると思ってるんだ。

次のエレベーターが来るまでに、俺は心を落ち着かせた。

若林だけがライバルじゃない。あいつがどんな苦労をしてきたとしても、苦労をしなかった人間がそれに負けるわけじゃない。

俺がラッキーならそれでいいじゃないか。

幸運を幸運として手に入れた俺の方が有利だ。

次の箱の扉が、俺を迎え入れるために大きく開く。

一緒に待っていた何人かと乗り込むが、中での会話は一言もなかった。

あいつに負けない、とは思わないことだ。

俺は『誰か』と戦うためにいるんじゃない。求められることに応えられる自分を示せればそれでいい。

ここのデザイナーがどんなヤツだか知らないが、そいつが作る世界を、俺が支えてやる。

美しい世界を、この俺で作らせる。

再び扉が開いた時には、俺はいつもの自分でいられた。

迷いはない。

俺は俺のやり方でやる。

フロアに出た瞬間から、俺は『この場にいるのに相応《ふさわ》しい俺』になった。

背を伸ばせ、だが力むな。ここにいることが当然という顔をしろ。

お前達の服を着るために、ここに来たんじゃない。

そうだ、今回はいつもとは違う。

出来上がったものを着こなすんじゃない。今回のモデルはデザイナーのイマジネーションを刺激する人間が求められているのだ。

若林のように、『何か』を目標にして演じようとする人間が求められているのじゃない。

「…いいアドバイスだったぜ、若林」

思わず俺はほくそ笑んだ。

何も考えずに空っぽな俺には無理だって？

逆だろう。

お前こそ、ちゃんと書類を読んだのか？

演じる役なんてないんだぜ。今までの『ウィザード・ハート』のモデルの真似をしても、それは彼等の求めるものではないはずだ。

俺は受付を済ませると、番号に示された控室に入った。

若林はいなかったが、そこには既《すで》に数人のモデルが待機《たいき》していた。この間と同じく、いずれも名のあるモデルばかりだ。

らしくなく、こいつ等と自分を比べてしまったから、この間は雰囲気に呑まれてしまった。

だが今度は違う。

俺が考えるべき相手はここにはいない。

そしてその相手が望むものがわからないのなら、俺はまだ何も考えるべきではない。頭を空っぽにして、俺には何でも出来るというところを示すべきだ。

『あなたは空っぽで、そこに仕事で与えられた色を詰め込む。だから求められるものに綺麗に変化出来る』

頭の中に、突然小林の言葉が思い浮かんだ。

聞かされた時には、人を中身のないような言い方をしてと腹が立ったが、落ち着いた頭で咀嚼《そしゃく》するとその意味が見える。

あいつには、わかっていたのだ。

俺が与えられる世界を完璧に作り上げたいと願っていた気持ちを。自分を売り込むためではなく、作られる世界を一緒に構築《こうちく》したいという願いを。

俺が相手を受け入れるために白紙でいる人間なのだと。

「…だからどうだって言うんだ」

この場に小林はいない。

これは俺の仕事だ。

「次、鳴海さんどうぞ」

今回は番号ではなく名前を呼ばれ、俺は奥へと向かった。

広い部屋。壁際《かべぎわ》に置かれた長いテーブル。

一次審査と仕様は同じだが、そこに座る者と空気は違っていた。

この間は事務方っぽい人間とステージ系の人間が多かったが、今回はセンターに二人、外国人が座っていた。

これが『ウィザード・ハート』のデザイナーだろう。

「歩いてください」

促され、まずはテーブルの前を歩く。

何者にもならなかった。

着ている服のことも考えなかった。

これは俺が好きで着ている服だ。小林が俺に似合うと言ってくれたから着ているだけの服だ。

お前達のために着ているわけじゃない。

今歩いている姿が、『俺』だ。

これに色を付けたいならお前達が勝手に付けるがいい。

「結構です。今度はもう少しシックな感じで」

抽象的《ちゅうしょうてき》な言葉だが、俺はそれに従った。

着ているのはラフな服だが、この瞬間だけ、これはヨーロッパ風のローブだと思い込んだ。自分にとってシックとはヨーロピアンの、トラッドなものというイメージがあったので。

「では今度は少しワイルドに」

何でもやってやる。

セットや設定や台本がなくても、俺には自分の中に溜めたイメージがある。

ゼロは見せた。そこにプラスアルファさせるものを見るといい。

デザイナー達が何かを言い交わし、その度に通訳を通して命令が下る。命令される度、俺はそれに応えた。

「結構です。ところで、あなたにとって服とは何ですか?」

「世界です」

「世界、と言うと？」

「構築される世界です。服から、空気と世界を生み出す。俺はその世界の中の一部だ」

「自分をアピールしないのですか？」

「自分をアピールしたいなら、アイドルにでもなりますよ」

笑って応えると、デザイナー二人も通訳を待ち、一拍《いっぱく》遅れて笑った。

「今日はどうしてその服を？」

「友人が似合うと言ってくれたので」

「それを誰が作ったか知っていますか？」

「他のヤツから、『ウィザード・ハート』の服だと聞かされました。だが俺は名前で服を着るわけじゃないので。俺が気に入ったから着てるだけです」

そこで質問は一旦《いったん》止んだ。

デザイナー二人はこそこそと会話を続けたが、俺に英語はわからなかった。

気にはしない。

言いたいように言わせればいい。

俺はここで『選ばれる人間』を演じればいい。この空気の中で必要とされているのは、合否《ごうひ》を気にしてビクビクする人間ではなく、選ばれるべき人間だ。

デザイナーが俺にさせたいことがある、と言わせる人間だ。

「他に何を望みます？　俺には知識はない。だが、どんなものにも応える。俺にさせたいことを考えてくれれば、それだけでいいですよ」

不遜《ふそん》な態度と、落とされるならそれでもいい。

俺はこういう人間なのだから。

これでしか勝負は出来ない。

「いいえ、もう十分です。ありがとうございます。追って連絡しますので、お帰りください」

最後の言葉にも、不安な顔はしなかった。

俺はこれでいいんだ。それがわからないなら落とせばいい。だが俺にはもっと見せていない顔もあるというように、命じられなかった優しい笑顔を浮かべた。

「ありがとうございました」

と礼儀正しく頭を下げ、その顔を上げた時には意地悪く笑った。

この手に、幾つものカードが残っている。見たくはないか？　と言うように。

けれど呼び止められることはなく、俺はそのまま退室した。

今回は、全員を見てから吟味《ぎんみ》するつもりなのだろう。審査が終わってすぐに結果が出るというようなことはなかった。

してみると、この間のは本当に必要最低限のことが出来るかどうかのチェックだったんだな。

それに、顔やスタイルの好みを見ただけか。

大切なのは次だ。

今回は興味を持ってもらえれば通るだろう。だが次は、本当に『必要だ』と思ってもらわなくては残れない。

…こんな時に、小林がいない。

短時間にいくつもの顔を作り、素に戻った時には、あいつの言葉が欲しかったのに。

カッコよかったとか、頑張ったとか、言って欲しいのに。

「自業自得《じごうじとく》じゃん…」

逃げ出すようにしたわけじゃない。あいつなら、きっとまた戻って来ると、甘えていたのだ。

どこか子供のようなところがあると思っていたが、実際子供だったのは自分か。

「…謝るかな」

オーディションの会場を離れながら、俺は『明日』のことを考えていた。

あいつが欲しいなら、頭一つくらい下げてもいいだろう。そうしたらまた、たたき起こされて、コーヒーを淹れてもらって、あいつの作ったメシを食って、仕事に行こう。

そして悪かったから、買い物でもメシでも付き合ってやる。何でも奢ってやる。一日俺を独占させてやると言ってみよう。

そうしたら、明日からはまた元通りだ。

「事務所、寄ってくか」

　この時は、そうタカをくくっていた。


「…通じない？」

　私に任せて、という社長の言葉を信じていたのに、立ち寄った事務所で聞かされたのは、小林の電話が通じなくなっているということだった。

「そうなのよ。もう解約されてるらしいの。何度かかけたんだけど…」

　昨日の今日だぞ？　そんな行方《ゆくえ》をくらますような真似…。

「履歴書《りれきしょ》があるでしょう。出させたんでしょう？」

「ええ、あるわよ」

「出して」

「え？」

「出せよ」

　デスク越し、俺は社長に詰め寄った。

「俺が迎えに行くから」

意外、という顔をされて慌てて付け加えた。

「辞表一枚で辞めるってのは無責任でしょう」

その顔が『今までそんなこと言ったこともないのに』と語っていても、無視だ。

「…そうね。それじゃ迎えに行って頂戴。まだ今月分のお給料も渡してないから。辞めるにしても一度事務所に顔を出して欲しいって」

社長はデスクの引き出しから小林の履歴書を取り出し俺に差し出した。

「個人情報保護法とかあるから、これは社長命令の業務ってことで頼むわ」

引ったくるようにしてそれを受け取ると、俺はそのまま社長室を出た。

拗ねてやがる、あのバカ。

俺が悪かったたって言えばいいんだろう。

からかったんじゃないって言えばいいんだろう。言い過ぎだった、やり過ぎだったと、認めればいいんだろう。

車に乗り込み、履歴書に書かれた住所をカーナビに打ち込む。

「あいつ、いいとこ住んでるじゃないか」

検索《けんさく》が終わり『ガイドを始めます』の声に従って、アクセルを踏み、走り出す。

会社…、休職してるだけだって言ってたっけ。

今日は平日の昼間だから、もしかしたら留守かも知れない。

もしそうだったら、少しだけ待ってやろう。

この俺が、お前を待っててやるんだからな。

迎えに行って、頭も下げるんだから、許すんだぞ。

もしも会社に戻る、マネージャーは辞めると言い出したら…、会社の給料よりもっと高い金を払ってやると言ってやろうか？

いや、それならそれで、マネージャーじゃなくてもいいから、俺の相手をしろと言ってみようか。

相手、というとまた変な誤解をするかも知れないから、家政夫《かせいふ》？　同居？

何でもいいから、側にいろ。

またあの顔で、俺のことをカッコイイと言えよ。

お前が見てるのが理想の俺だと言うなら、少しぐらいはその理想を演じてやってもいい。俺は何にでも応えられる男だから。

不真面目で、いい加減なところだって見てただろう？　風呂上がりに髪を乾《かわ》かさないとか、冷《れい》蔵庫《ぞうこ》の中身が空っぽだとか、そういうところだって許してたじゃないか。

そんなお前にならば、求めるカッコよさを与えてもいい。

「…そうか」

俺はハッと自分の愚《おろ》かさに気づいた。

そうだ。あいつは俺のみっともないところだって見てたじゃないか。なのにカッコイイを連発されて、夢見てるんだと勝手に誤解して…。

あいつは、本当に俺のことをカッコイイと思ってたんだ。

どんな面を見ても、そこは変わらなかったんだ。

つくづく自分が嫌になる。

初めて追い詰められて、どうしたらいいんだかわからなくなって、勝手にマイナー思考にはまり込んで、挙句《あげく》の果てに小林で憂さを晴らそうとするなんて。

でもあいつならいいと思ったんだ。

小林なら許すと思っていた。

「チクショウ…、やっぱり甘えてんのは俺じゃねぇか…」

機械的な声に導《みちび》かれるまま、ハンドルを切る。

幹線道路《かんせんどうろ》を抜けて、横道に入り、それらしい建物を探す。

「…何でだ」

カーナビは、確かに『目的地に到着しました』と言った。

履歴書の住所と、カーナビに表示されている住所は同じものだった。

なのに、そこにはアパートも、マンションも、一軒家《いっけんや》も、およそ人が住んでいるような建物など見当たらなかった。

緑濃《みどりこ》い木々、玉砂利《たまじゃり》の敷《し》き詰められた遊歩道《ゆうほどう》。傍らに建っているホテルの影が落ちる噴水《ふんすい》。そこは、都心の一角にある公園だった。

人に尋ねようにも誰もいない。

一番近くにある建物は、ホテルと航空《こうくう》会社の名前の看板《かんばん》を掲《かか》げた高層ビル。カーディーラーのガラス張りの建物だけ。

公園と言っても、近所の住人や子供の姿などない。いるのは近くに勤めているらしいサラリーマンの姿だけだ。

俺はすぐに自分の携帯電話から小林に電話をかけた。社長から繋がらなかったと聞いていたのに。

電話は当然繋がらなかった。

メールを送っても、送信エラーの表示が出るだけだ。

「…嘘だったのか?」

どこから?

何時から?

俺のファンだというのも嘘か? 休職中のサラリーマンというのは? 名前は? 全て嘘だったというのか?

俺を見上げる憧れの視線。

素直でよく変わる表情。

全てが芝居であるわけがない。あいつにそんなことが出来るはずがない。

今日に至《いた》るまで、あいつが俺に対して敵意を向けたことはなかった。何かを盗られたり、私生活を売られたりもしていない。

「何故だ？」

あいつが嘘をつく必要などない。

けれど、全てが嘘だった。

「小林…っ！」

その姿のない公園に向かって、俺はその名を呼んだ。

心の底から湧き上がる感情を持て余して。


ベッドの中で惰眠《だみん》を貪《むさぼ》っていると、元気のいい声が俺を起こした。

「鳴海さん！　起きてください。時間ですよ」

冷蔵庫はいつの間にか食料品で満ちていた。

「体調を整えるためには、しっかり朝を食べなきゃダメですよ」

濃いコーヒーを飲んでいると、向かいの席ではその苦味に顔をしかめ、そっとミルクと砂糖を入れる姿があった。

車に乗れば、助手席で今日の予定を読み上げ、撮影スタジオでは片隅で俺だけを見つめる目。

ドラマの撮影現場でも同じように俺を見つめ、控室ではポットから温かいコーヒーをカップに注いでくれた。

「あれは何です？」

とくだらないものに興味を示し。

「それはこういう意味ですよ」

と知識をひけらかすことなく俺の知らないことを説明してくれる。

毎日の生活の中に、小林がいた。

突然現れたファンが俺を褒めちぎるから、その日偶然マネージャーをクビにしたばかりだったから、暫くの繋ぎとして雇っただけだった。

長く続くわけがない。

すぐに辞めてしまうに決まっている。

俺の真実を見たら、ガッカリして逃げて行くだろう。

そう思っていた。

けれどあいつはずっと側にいて、ずっと俺を好きでいて、仕事も今までのバカマネージャー達よりずっと有能だった。

なのに今、俺は一人だ。

「あれ、鳴海。あの小さいマネージャーは？」

と訊かれると、指先が痺《しび》れた。

「辞めた」

悲しいわけじゃない、怒っているわけでもない。

強いて言うなら切なくて。

胸の真ん中から、切ない気持ちが神経を侵してゆくからだ。

「だから今日遅刻したんだ。鳴海、寝起き悪いもんな」

「うるせぇよ」

誰も知らない。

みんな会っていたはずなのに、小林がどこに行ってしまったのか知ってる者はいない。

小林から、『ごめんなさい黙っていなくなって』と、電話がかかって来るのを待って、携帯電話は肌身離さず持ち歩いた。

電源も入れっぱなしにしておいた。

だがあいつからの連絡なんてなかった。

俺を好きだと言ったのなら、一言ぐらい入れろよと思っても、その文句をつける先がない。

小林がいなくなって、時間が経《た》つにつれて、何かがゆっくりと形を造る。

でも俺はそれに気づかないフリをした。

そんなもの、認めたくない。

世間体《せけんてい》とか、常識とか、プライドとか、そんな理由ではない。

あいつがいないからだ。

小林がいないのに、そんなものに気づいて何になる。ただ空《むな》しいだけじゃないか。

何度も俺のものだと思ったことも、あいつの言葉だけがストレートに胸に響いたことも、きっとそれが理由。

手元に置いて、可愛いと思ったのも、他のヤツが近づいて親しくしてるのを見ると嫌な気持ちになったのも。

あいつの期待に応えられずに見捨てられたらどうしようと思ってしまったのも。

殴るのではなく、その肌に触れる方を選び。イタズラのつもりの手が止まらず、酔いしれるように求めてしまったのも。

くしゃくしゃになった泣き顔に罪悪感を感じたのも。

探して、追いかけて、謝ってもいいと思ったのも。

何もかもが偽《いつわ》りだとわかった今でも、日常の中に小林の姿を探してしまうのも。

何もかも、みんな、みんな、それが理由なのだと時間が気持ちを浮き彫りにしても。

俺はそれを認めなかった。

「小林くん、どこに行っちゃったのかしらねぇ」

社長の言葉にチリッと胸が焼ける。

「無責任なんですよ。でも、どうせ正式に雇ったわけじゃなかったんだから、いいでしょう」

それを隠して、ふて腐《くさ》れた顔をする。

「新しいマネージャーなんだけど、実はずっと小林くんでいけると思ってたからまだ探してないのよ」

「いいですよ、そんなの。もうマネージャーなんていりません」

小林以外の人間を側に置いて、あいつの気配が消えるのが嫌だった。

あいつ以外なら、誰だって同じだ。

「でも…」

「俺は適当にやってく方が好きなんだ」

強がる言葉を読まれたのか、社長は小さくタメ息をついただけで俺の言葉を受け入れた。

「…暫くはそれでもいいわ。連絡事項は私がやりましょう。でも仕事が滞《とどこお》るようだったら、誰か付けるわよ」

仕事は真面目にやるさ。

あいつがまだ少しでも俺に期待を持っているのなら、どこかで見ているかも知れないから。

カッコイイ俺を見せつけてやれば、また戻って来るかも知れないから。

「鳴海！『ウィザード・ハート』からの連絡があったわ。二次合格、三次審査よ。これで決めてらっしゃい」

あいつが望んだ仕事だから、それだって手に入れてやる。

「当然ですよ」

俺は、待つしか出来ないから。

追いかける先を知らないから、灯台《とうだい》のように光ってお前を呼び寄せることしか出来ないから。

「この仕事、決めますよ」

誘蛾灯《ゆうがとう》のように、お前を誘うことしか出来ないから…。


髪は、少しラフにするため、ミストをかけてから軽く手櫛《てぐし》で膨らませた。

もう服を用意してくれるヤツがいないから、クローゼットの中で、あいつが一番気に入っていたアルセットを選んだ。

麻《あさ》のシャツにゼブラプリントのロングジャケットだ。

「今日はワイルド系だな」

目を通した方がいいと言って集めてくれた資料にも、一応は目を通した。あいつが『した方がいい』と言うのなら、きっとそれなりの理由があるのだろうから。

もっとも、それは会社の内容ではなく、『ウィザード・ハート』のデザインコンセプトに関する論評《ろんぴょう》や、過去のショーの写真とDVDだったので、俺でも頭に入ったというだけだ。

軽やかにラフに、ノーブルでシックに。

それが『ウィザード・ハート』のコンセプトだった。

ファッションショーでの服というのはバイヤー向けのアピールで、奇抜《きばつ》なものが多い。それをショップ売りの時には一般の人が着られるように手直しする。

『ウィザード・ハート』もそれは一緒で、ショーデザインはプラスチックやビニールを使った変わり種のデザインもあったが、ショップ売りのものは好みの服が多かった。

ショート丈《たけ》でベーシックなものが流行の今、ルーズなデザインが多く、細身で背の高い俺にはピッタリだ。

若林のようにがっちりしたタイプにはなかなか辛いものがあるだろう。

今日のゼブラプリントのジャケットも腰丈のものだった。

オーディション会場は二次と同じく『ウィザード・ハート』の本社ビル。

だが既にかなりの数がふるい落とされたのか、時間通りに会社に着いても、先日のようにモデルっぽい男どもがひしめいていることはなかった。

二次で落ちてしまったのか、若林にも会うことなくエレベーターに乗り、指定されたフロアで降りる。

若いスーツ姿の女が案内に立っていて「鳴海様ですね、どうぞこちらに」と、今日は番号を渡されることもなく最初から名前で呼ばれた。

控室も、五人一部屋。

さすがにここまで残った連中は余裕《よゆう》があるのか、雑誌を見たり、セットされていたポットからコーヒーを飲んだりと思い思いに時間を潰していた。

「…今日はカメラテストだそうですね」

声をかけて来たのはがっしりした体格の見知らぬ男だった。

「カメラテストって何するんですか？」

質問からすると、どうやらモデルではないようだ。

「カメラの前に立って写真撮られるだけだよ。あんた、何やってる人？」

「去年までスポーツ選手でした。膝を壊してこっちの世界に」

笑うと白い歯が目立つ。

「ああ、やっぱり。あなたマラソンの大野《おおの》さんでしょう？　どこかで見た顔だと思ったんだ」

と言う者がいるから、多分有名な選手だったのだろう。

俺とはタイプの違う若林やこの男が選ばれているということは、求められているのは数種類の人間なのかも知れないな。…もっとも、若林が今も残っているのかどうかはわからないが。

「大野さん、どうぞ」

名前を呼ばれて、件《くだん》のマラソン選手が立ち上がる。

ガチガチに緊張《きんちょう》した面持《おもも》ちで、案内の女に付いて部屋から消えた。

残りは同業者だな。

待つ時間は長く、俺の順番は大野の次の次だった。

「鳴海さん、どうぞ」

呼ばれて椅子から立ち上がる。

「こちらへ」

廊下を少し歩かされ、入った扉の向こうはスタジオで、まだ前のヤツが残って写真を撮られていた。

胸まである明るい色の、長い髪。

知らない顔だな。

控室でも見なかった顔、…ってことはああいう部屋がまだ幾つもあるってことか。一体何人が残っているのやら、だ。

その長髪《ちょうはつ》の男は、上半身裸で、腰から下に白い布を巻き付けていた。

「はい、ありがとう。これで終わりです」

という声と共に、顔から力が抜け、巻き付けていた布を解く。

スッポンポンかと思っていたが下はズボンを履《は》いたままだった。

「次、え…と、鳴海くん」

呼ばれて光の中へ進み出る。

すぐに傍らからアシスタントが近づき、きちんと畳《たた》まれた白い布を渡された。

「カメラテストだ。その布を使って自分を表現してくれ。どんなふうに使っても構わない、裸になってもいいよ。但《ただ》し、女性がいるから下着だけは残してくれ」

カメラマンの言葉に、合点《がてん》がいった。

さっきの男の格好はそういうことか。

折角小林のお気に入りの服を着てきたのに。

布は、かなり大きなもので、ゆうにキングサイズのベッドシーツ以上はあった。木綿地《もめんじ》で、真っ白な布か。

さてどうするか、と思って周囲を見回す。

相変わらず俺を吟味しようとする視線が集中している。特に、カメラのすぐ横にある特別席の五人は、真っすぐに俺を見ていた。

二次の時に見たデザイナーの顔があるから、あそこの五人が『ウィザード・ハート』のデザイナーってことだろう。

全員がアメリカ人…。

「…！」

…ではなかった。

五人中四人は、国籍《こくせき》はわからないがどう見ても外国人だった。

だが、左端から二番目に座る眼鏡の男。一人だけシルエットが陥没《かんぼつ》しているその男は、どう見ても日本人だった。

「時間、そんなにあげられないんだけど、まだイメージ固まらないかい？」

カメラマンに注意され、俺は意識を仕事に切り替えた。

「小道具、ナシですか？」

「何が欲しい？」

「風が」

「いいとも。おい、送風機《そうふうき》」

予《あらかじ》め用意してあったのだろう。大型の送風機がカバーの下から現れる。望みを口にしなければ、それがあることも教えられないってワケか。

機械のスイッチが入る前に、俺は上着を脱ぎ捨て、麻のシャツの前ボタンを全て外し、全身に布を巻き付けて座った。

「好きな時に撮ってください。勝手にやれと言われたので、勝手にやりますから」

頭まですっぽりと布を被り蹲《うずくま》る。

ブン、とモーターの音がして、風が吹いた。

纏め切れなかった布の端がバタバタとその風にはためく。

白い世界の中で、俺は深く息を吸った。

…あそこに座っていたのは、小林だった。

間違いない。

眼鏡なんかかけてたって、間違えるはずがない。

通訳なのか、デザイナーなのか、単なる会社の関係者なのか、とにかくあそこに小林がいる。

あそこで、俺を見ている。

それだけで十分だった。

ゆっくりと、俯《うつむ》いていた顔を上げる。風が入り込んで布を膨らませる。

両手で布の端をしっかりと握り、自らを抱き締めるようにして布を身体に巻き付けたまま立ち上がる。

裾はずっとはためいたままだった。

小林。

お前が見ているなら、俺はカッコよくその目に映ってやろう。

お前が俺の酷い仕打ちを忘れ、戻って来たくなるくらい。

俺はお前が見ていれば、お前が認めてくれるなら、カッコよくなれる。そうだ、お前が俺を理想化するなら、その理想になってやろう。

だから帰って来い。

戻って来たら、俺はお前に言ってやりたいことがある。

あの時の謝罪も、お前を特別に思っていたことも、失いたくないと思ったことも、今でも必要だと思っていることも。

そして最後に、お前にだけ伝える言葉を言ってやる。

風をはらんだ布をはためかせ、胸を少し反らせるように立ち上がり、ライトで見えなくなってしまったお前を正面に見据《みす》える。

しっかりと布を掴んだまま両手を広げ、髪を靡《なび》かせて微笑《ほほえ》む。

広げた両腕を、求めるように前に差し出し幻影《げんえい》のお前を抱き締める。

もしお前がここに立っていれば、誰が見ていようとここがどこであろうと、こうしてやるぞと言うように。

専属モデルのことなんてどうでもいい。

自分が一番欲しいものは仕事ではない。

お前だ。

その気持ちを表すように。

『お前は俺の前から消えた』

片方の手から布を離す。

『けれど逃《のが》さない』

布に残った方の手を高く上げる。

『もう一度捕まえてみせる』

旗《はた》のように掲げ、風の勢いを借りながら全身に布を巻き付ける。

そしてもう一度、ライトの向こうの小林を睨み、にやりと笑った。

「はい、ＯＫです。時間です」

声と共に風が止み、はためいていた布はずるずると床に落ちた。

「写真を撮る、と言ったのに動きのあるものにしたのはどうしてだい？」

「止まってようと動いてようと、一瞬は一瞬でしょう。だったら俺は自分の好きな方を選びます。動いてなければ、イメージは固定する。何でも出来るのに、一つのパターンしか見せないのは悪いと思ってね」

「…自信たっぷりだな」

布を取りそのまま近づいて来たアシスタントに渡す。

ライトから出ると、俺はもう一度小林を見た。

目で追っていた彼が、俺の視線に気づいて顔を背ける。

本当ならこのままその腕を取って連れ出したかった。けれど、彼の座ってる場所からして、それをすれば俺は二度とあいつに触れられなくなるかも知れない。

「では、本日はこれで終了です。ありがとうございました」

「俺の後に何人残ってるんです？」

ここまで案内してくれた女性ににっこりと笑いかけて訊くと、彼女はちょっと間を置いてから「あと十人程度ですわ」と答えてくれた。

十人。

俺が約十五分ほどだったから、二時間半程度か。

それならば待てる。

「…あそこにいたの、ここのデザイナーでしょう？」

隠す必要がないことなのか、彼女は素直に頷いた。

「そうです。本日は全員揃っておりました」

「やっぱりね。どこかで見たことがありました」

『ウィザード・ハート』のデザイナー…。

あの小林が？

「じゃ、ありがとう」

俺は軽く会釈して、彼女から離れ、控室に戻らずそのままエレベーターに乗り、力が抜けたように壁に寄りかかった。

想像していなかった小林の正体が、まだ理解し難くて。

確かめたのに、それが嘘のような気がして。


そのビルに、エレベーターが一カ所しかないことを確かめてから、丁度そこが見える喫茶室の席を取って待った。

次々とオーディションを終えた者達を吐き出すクセに、なかなかあいつを出してくれないエレベーターにイライラしながら、ただひたすら待った。

前の時と同じく、このオーディションのために他のスケジュールを入れていなかったので、時間はたっぷりあった。

喫茶室の窓から差し込む日差しが段々と色濃くなり、やがて朱《あか》みを消し紫になる頃、数人の外国人が出て来たが、その中に小林の姿はなかった。

続いて現れたのは女性の多い一団で、外国人はいたがあいつの姿はない。

三度目の正直と言わんばかりに数人が降りて来ると、俺は席を立った。

「釣《つ》りはいらない」

と言って札を置き、そのまま足早にエレベーターホールへ向かう。

一行《いっこう》は既に建物から出ようとしていたが、走って追いかけ、薄い肩を掴んだ。

「小林！」

驚きと共に振り向く顔。

連れの外国人が何かをがなり立てたが、小林が一言いうと、肩を竦めて立ち去った。

「…気づいて…たんですか？」

「眼鏡なんか変装《へんそう》に入るか。オーディションは全部終わったんだな？」

「あ、はい」

「じゃあお前の仕事はこれで終わりだな？」

「ええ、今日は一応…」

「お前が、仕事は大切だってタイプだから待ってやったんだ。終わったんなら行くぞ」

俺は彼の肩を掴んだまま、駐車場に停めてある自分の車に向かった。

「行くってどこへ…？」

「そんなの決まってる。俺の部屋だ」

「でも…」

「いいから来い」

謝るつもりだったのに。

自分の行状を反省し、優しくするつもりだったのに。その顔を見たら抱き締めてしまいそうで、ここでそれをしないためには怒ったような口しか利《き》けなかった。

「お前には言いたいことも訊きたいことも山ほどあるんだ」

不覚にも、目が熱くなるのを堪《こら》えるためには、そんな態度しか取れなかった…。


車の中で、小林は何度か説明しようと口を開きかけた。

だが俺はそれを制止し、家に着くまでは何も話すなと命じた。

彼の口から聞かされる言葉に動揺《どうよう》しない自信がなかったから、運転中に話をするのは無理だと判断したからだ。

マンションに着くと、彼は車からは素直に降りたが、部屋に上がるのは躊躇《ちゅうちょ》した。

「いいから入れ」

「いや、でも…」

「殴ったりしないぞ」

「鳴海さんが暴力なんて…」

「いいから」

腕を掴むと、ビクッと身体を強ばらせたので、やっと彼が何を恐れているか気づいた。

「…安心しろ。あんなこともしない」

「いえ、そんな…」

スネに傷を持つってのはこういうことを言うんだろうな。そのことに対しては、信用を完全になくしたことを認めずにはいられなかった。

本当はリビングで話をするつもりだった。だが、リビングに彼が足を踏み込むと、握っていた腕がまたピクッと震えた。

ここが暴行の現場だから。

かと言ってベッドルームではより緊張させるだろうと、ダイニングの方へ戻った。

「座れ」

手を放して、テーブルの向こう側へ座る。

ここで毎朝、二人で朝食を取った。

小林はテーブルの向こうから、俺を見つめていた。

今はもうそうではないが…。

小林は、もう眼鏡をかけていなかった。

「眼鏡は変装のつもりか。それとも普段はかけてるのか」

「ファッションでかける程度で…。変装じゃないですけど…、バレるのが怖くて…」

顔も上げず、肩を落として小さくなる姿。

こいつはもう、俺には笑ってくれないのだろうか。

「お前、『ウィザード・ハート』のデザイナーなのか？」

「…はい」

「カタログのデザイナー欄《らん》に日本人名前はなかったぞ」

「ハーフなので、フルネームはスミス・小林清流です。普段は、スミス・K・セールと…」

「休職中のサラリーマンって言うのは嘘だったんだな」

「一応、会社に所属しているので嘘では…。それに、あの時は本当に仕事は休んでました」

「何で俺のとこに来た」

悪いのは自分なのに、知りたいことがあり過ぎて、つい詰問《きつもん》口調《くちょう》になってしまう。

「今回の日本進出で、他の人達と意見の違いがあって…。私は…あなたが使いたかったんです。あなたが好きなのは本当です。初めて見た時から、この人のために服を作りたいと、ずっと思ってました。でも他の四人は、反対だったんです。それで、オーディションに合格したら使ってもいいと…」

オーディションの間、列席していた外国人達が俺を見て囁《ささや》き交わしていると思っていたのは、気のせいではなかったか。

「つまり、他の連中は俺じゃダメだって言ったんだな？」

「よくわからないから答えが出せないと言っただけです。良さがわかれば…」

「オーディションはデキレースか。だから『絶対』だったんだ」

しかも出来上がってたのは俺の合格ってわけだ。

「違います！」

この時だけ、小林は顔を上げた。

「オーディションの参加資格は私が推薦《すいせん》しました。でも、そこから先は鳴海さんの実力です。『絶対』と言ったのは、鳴海さんを見たら、絶対彼等を納得させられると思ってただけです。実際、今日も彼等はあなたのことを…」

「仕事の話はいい。俺が話したいのはお前のことだ」

「…すみません」

怒ったわけではないのだが、口調がキツくなってしまったのか、彼はまた項垂《うなだ》れた。

「…あなたをオーディション推薦するべきかどうか、正直迷っていました。私も鳴海さんのことは画面の向こうでしか知らなかったから。それでここへ来たんです。あなたのファンなのは本当です。そうしたら鳴海さんがマネージャーになれと言ってくれたから、近くであなたを見るチャンスだと思って引き受けたんです」

「履歴書の住所は嘘だったな。電話も解約されてたし」

「私は…、まだ日本に住居がないので、泊まっているホテルの住所を…、最後の番地だけ変えて使いました」

公園に影を落としていた大きなホテル。

俺がこいつの名前を叫んだ時、あそこにこいつはいたのか。

「電話は、セールの名前の方を教えるわけにはいかなかったので、鳴海さん専用にプリペイド式の携帯を借りていました。もう…、もうここでは使わないと、鳴海さんから電話がかかって来ることはないと思って…。鳴らない電話を持っているのが辛くて解約を」

「辛くて？　俺からの電話が怖かったんじゃないのか？」

「…怖くなんかありません」

俯いたままなので、その顔は見えなかった。

だが今度は、小林の変化を見逃さなかった。

あの時、俺はこいつの顔を見なかったから、突然突き付けられたあの泣き顔に後悔した。もうあんな思いはしたくない。

じっと見つめると、髪から覗く彼の耳が真っ赤に染まっているのはわかった。

「一緒にいるうちに、やっぱりあなたが好きで、あなたを使いたくて…。それでうるさく言ってしまったんです。でもウザイって言われて…」

それは泣いてるから？　照れてるから？　恥じてるから？

「どうしても一緒に仕事がしたくてうるさく言った自覚があったから、それで怒らせてしまったんだと…。だから鳴海さんが気持ちよくオーディションを受けてくれるように、ここから出て行ったんです」

耳だけではわからない。

お前の気持ちが知りたい。

「顔、上げろよ」

俺は手を伸ばしたが、テーブルの向こう側の小林には指先も届かなかった。

「上げろ」

その手を引っ込めてもう一度言うと、彼がおずおずと顔を上げる。

「お前、最初から俺が好きだったのか？　それは嘘じゃなかったのか？」

「…はい」

恐縮しきった表情。

けれど恐怖や嫌悪はない。

「今も好きか？」

唇が言葉を紡《つむ》ぎ損《そこ》ねてもごもごと動き、また顔が下を向く。

「下を向くな！」

声が大きくなると、彼はビクッとしてまた顔を上げた。

「…好きです。今も、ずっと」

目は、少し潤《うる》んでいた。

顔を見ても、まだ俺にはよくわからない。

お前が俺をどう思って『いた』かはわかった。今も嫌いじゃないというのも。

でも俺が望むものを与えてくれるかどうかはわからない。

だが答えがわからなくても、もう黙ってはいられない。

ここに小林がいるから。彼が手の届くところにいるのなら、ごまかし続けていたものをちゃんと見据えなくては。

「言いたいことがある、と言っただろう」

「はい」

「…この間はすまなかった。力ずくでどうこうしようとした挙句、出て行けと言って。…あれは本気じゃない。ちょっとムシャクシャして、お前に当たっただけだ」

それでもやはり気まずくてそっぽを向く。

「もう一度、俺のマネージャーになるつもりはないか？」

「…それは、無理です。デザイナーの仕事に戻らないと。その…、日本本社の、名前だけは社長になるので…」

「チッ…」

思わず舌打ちしてしまう。

トップブランドのデザイナーってだけでもハードルが高いのに、その上社長かよ。

「すみません…」

「いい。それじゃ、別のものにする」

「別の…?」

長くタメ息をついて、俺は覚悟を決めた。

向き直り、彼の目をしっかりと見つめてから立ち上がり、テーブルを回って彼の隣に立つ。

見下ろしたままではマズイかと思い、騎士《きし》のように小林の前に跪《ひざまず》き、その手を取る。

「あ…、あの…」

小林の手は、熱かった。

いや、俺の手が冷たいのか?　…緊張して。

「お前、俺の恋人になれよ」

「…え?」

小林がいなくなってから気づいた自分の気持ち。

惚れたと自覚しても、相手がいないのでは話にならないと無視し続けていた本音。

「デザイナーで社長なんて肩書を持ち出されたら、他にお前を手元に置く理由が見つけられない。だから恋人になれ、俺の側にいろ。もう離れるな」

「…え。で…、でも…」

「お前がいなくなって、お前のことばかり考えてた。自分がしでかした『酷いこと』を後悔した。その理由もよく考えた。オーディションを真面目に受けたのは、お前が俺をカッコイイと言ったからだ」

ちゃんと言う。

もうごまかさない。

結果、お前が俺を見下げようと、嫌おうと、言わずにはいられない。

「モデルとして、お前の世界を作る手伝いは出来るかどうかわからないが、俺とお前で、ここでの世界は作れるはずだ。そのためなら、努力してやる」

小林の手がどんどん熱くなる。

目の前で、困ったような顔が崩れて泣き顔になる。

「…不細工《ぶさいく》だぞ、お前」

「あなたの顔がいいからです。比べないで…」

「比べてない。…泣くなよ、泣かれると罪悪感が湧く」

「…罪なんてありません」

「この間の…」

「この間のことも、気持ち良すぎて困っただけです。鳴海さんは遊びなのに、私だけが気持ちよくて、あなたが欲しくて…。それで寂しくなって泣いただけです」

あ…。

また指先が痺れる。

「じゃ、ああいうことしてもいいのか？」

切ない。

「私が好きなら…」

胸が締め付けられる。

彼の気持ちが自分に向いているという喜びよりも、何ともいえない切なさが溢れてくる。

「恋人になると言えよ。そしたらお前の欲しい言葉をやる」

こんなにも、俺はこいつが欲しかったんだな。

愛《いと》しくて、堪らなかったんだな。

「…りたい。…なりたいです。鳴海さんの恋人に…なりたいです」

小さな頭を抱き寄せて、頬にキスする。

前にキスで驚かなかったのは、こいつが向こうで生活してたから、挨拶程度のキスには慣れてたからかも知れない。

だが今度は驚くようなキスをしてやる。

「小林」

だってお前は俺の恋人になると言ったんだから。ここから先は、言い訳でも独《ひと》りよがりでも身勝手な解釈でもなく、許されたことなんだから。

「好きだ。お前が欲しい。俺のものになれ。お前の望むものになってやるから」

それが恋人ではなくモデルとしてでもいいと思ったのだが、彼は欲しい言葉をくれた。

「…びと…、恋人に…なって…ください」

「ん、よし」

下からすくい上げるように奪う唇。

少ししょっぱい口の中に無理やり滑り込ませる舌。

耳の奥で、唾液《だえき》の音がするような、深くて長い口づけ。

「好きだ」

俺の指先は、やっぱりまだ少し痺れていた。


うっすらと小林への恋心を自覚してから、ネットやモデル仲間の話で、男同士のセックスのノウハウは頭に入れていた。

アナルには、必ずしも挿入《い》れなくていいとか、挿入れるんならちゃんと潤滑油《じゅんかつゆ》になるものを使えとか、中出しするなとか。

男でも女と同じ場所が感じるのだとか。

何となくわかっていながら確かめることをしなかった知識。

それを調べながら、俺は理屈《りくつ》と想像で自分が小林をちゃんと『抱ける』と確認していた。

だが、半ベソかいてる小林を、自らの足で歩かせてベッドルームに連れ込み、並んで座ってもう一度キスした途端、そんなのはどうでもよくなった。

欲しい。

快楽を求めるというのではなく、とにかく小林が欲しい。

求める先に快感があることを知ってるから、余計なのかも知れない。歯止めなどきくわけがなかった。

「ん…」

キスしながら、強引に体重で押し倒し、ネクタイを外す。

スーツを脱がすのは、女の服を脱がすより簡単だった。

ブラジャーだの、キャミソールだの、ニッパーだの、ガードルだの、身につけたことのないプロテクターはなく、ただいつも自分が着ているのと同じものを剥いでゆくだけだから。

今回は小林の協力もある。

それに、こいつは小柄で軽いから、扱い易かった。

ネクタイも、スーツも脱がせてベッドの外に落とし、ズボンに手をかける。

革のベルトは固く留まっていたが、バックルをちょっと動かすだけで簡単に外れた。きっと高い物だからだろう。

「う…」

そのズボンを脱がす時だけ、小林は抵抗した。

「見ないで…」

「何でだ？」

「だって男の…」

「見慣れてる。ショーの裏側がどんなとこだか知ってるだろ」

恥じらうということが男を煽るということも知らないんだろうな。

「お前、元々ゲイなのか？」

「ゲイっていうわけでは…。でもそうなのかな…。綺麗な男の人が好きだから…」

「俺以外にも惚れたヤツがいた？」

「他の人は職業病です。鳴海さんだけです、どんなことをしても会いたいと思って、直接会いに来たのなんて…」

「いい答え」

我ながら単純だと思う。そんな言葉一つで上機嫌になってしまうのだから。

俺がお前を特別に想ったから、お前も俺を特別に想って欲しい。

むしろ、俺よりお前の方が多く惚れていて欲しい。

きっと、お前は知らないだろう。もうこんなにも俺がお前を好きだなんて。

「あ…」

耳元に顔を近づけ、小さく形のいい耳を舐《ねぶ》る。

押さえ付ける必要のない手は、服を脱がすという仕事を終えると思うまま彼に触れた。

柔らかく、滑らかな肌。

少し骨の浮いた横腹。

小さな突起を硬くした胸。

丸い肩、折れてしまいそうな細い腕、突き出した腰骨。下着の中に隠れた彼の欲望。

ソコに触れると、パッと小林の顔が赤くなった。こいつは本当に隠し事が出来ない顔だな。

「もう硬いな」

「…そんなこと言わないで」

「よかったって言ってるんだよ。綺麗な人形が好きだったんじゃなく、生身の俺が好きだからこうなってるんだろ？　俺もだぜ」

小さな手を握り、自分のズボンの上から触らせる。

「…う」

触れた指は慌てて引っ込められたが、その微かな接触《せっしょく》だけでこっちもくる。

「な？」

「…はい」

「俺も脱がないとな。お前、恥ずかしがりだから」

　こっちは恥じらいもクソもなく、彼から身体を離す時間が短くて済むようにさっさと全て脱ぎ捨てる。

「その服…、私、好きです」

「だから選んだんだ。もしもどこかでお前が俺を見かけることがあったら、惚れ直すように」

「惚れ直したりしません」

　その言葉に胃の辺りがきゅっとなったが、続く言葉は俺を安堵《あんど》させた。

「…ずっと惚れてますから」

「言うようになったな」

　微笑《わら》おうとした口に指を差し込む。

　一瞬驚きながらも、舌がねっとりと指を舐める。

　指を舐めさせたまま、サイドテーブルの引き出しからコンドームとジェルを取り出す。

　舐められてるのも気持ちいいが、するべきことをするために一旦指を引き抜き、自分のモノにゴムを付けた。もう付けられるほど硬くなっていたので。

「男を抱くのは初めてだ」

と言って、再び彼に重なる。

この言葉はお前を喜ばせるだろうか？

ジェルを手に取り、指にたっぷりと付けて彼の股の間に塗り付ける。

塗りながら、穴に触れてみたが、指一本すら入りそうもないくらい硬く窄《すぼ》まっていた。

処女とヤルのと一緒だな。じっくり、時間をかけて弛緩《しかん》させせないと。

けれどその余裕が俺にあるのかどうか。

左の手をそこに残し、右の手で他を愛撫《あいぶ》をする。

肉の組成が俺達とは違うんじゃないかってくらい、彼は柔らかかった。女のように余った肉があるわけじゃない、骨と皮の間に僅かに付いてるだけのはずなのに、その薄い層がとても触り心地がいい。

「ん…」

腹に、彼の勃起したモノが当たるが、小さな圧迫感《あっぱくかん》はくすぐったい程度だった。

完全に重なったら、こいつを潰しちゃうんだろうなと思うから、何とか空間を作ってやる。そうすると微妙に腹に擦り付けられて、それが小林からの愛撫のようだった。

汗ばみ、荒くなってゆく呼吸。

さっき手で体温の違いを感じたのに、もう同じぐらいの熱さだった。

「小林」

快感に堪《た》えるためか、彼が目を閉じてしまうから名前を呼ぶ。

「俺を見てろ」

困った顔。

「顔だけでいいから」

と付け加えると、小さく頷く。

男とするのが初めてなんだろうというのは想像範疇《はんちゅう》だったが、他人の裸を凝視《ぎょうし》したこともないのかもな。

デザイナーであっても、仮縫《かりぬ》いの時にはモデルは下着を付けてるし、ショーの時にはそんな暇もないから。

後で、全てが終わったら、一緒に風呂にでも入ってやろうか？

そこでちゃんと俺を見せればいい。

ジェルの力を借りて、何度か抜き差しするうちに、指はだんだんと彼の身体の奥まで入り込めるようになっていた。

最初は頑《かたく》なに拒《こば》んでいた肉が、巻き付くように柔らかい。

入れられる小林の顔も、微妙に変わってきた。

最初は指が侵入《しんにゅう》する度に苦しそうに眉根《まゆね》を寄せていたが、今はもう大して気にはならないようだ。

もっと別に強い刺激があるせいかも。

ただ奥の、上の方を押すと、肉は窄まり、唇が震えた。それは違和感や痛みというより、前立《ぜんりつ》腺《せん》を刺激してるってことだろう。

その震える唇が、俺を誘う。

手触りだけで楽しんでいた小林の、もっと深い部分を欲しがらせる。

お前の作る日常は居心地がよかった。優しくて、温かくて、穏やかで好きだ。

けれど今の俺は、もっと違うものが欲しい。もっと違う、激しくて、生々しく、妖艶《ようえん》な世界が欲しい。

「後ろからのが楽なんだってよ」

指を引き抜くと、細い身体が震えた。

「俯せになれるか？」

「…怖い」

「俺のために」

求めてる。

それを言葉にしてやると、彼はもぞもぞと動きながら赤く染まった顔を隠すように俯せて枕に顔を埋めた。

「横向いとけ。息が苦しくなる」

本当はその顔を見ていたいからなのだが、おためごかしにそう促す。

俺の腹は、さっきから擦り付けられていた彼のもので濡れていた。

それがまた扇情的だ。他人の精液《せいえき》だというのに。

「息を吐け」

手で肉を広げ、入口を作る。

「…う」

小さな薄紅《うすべに》の円が俺を招く。

やはりキツイだろうなとわかっていながら、俺はそこに自分のモノを宛てがうと、ゆっくりと身体を進めた。

「…あ！　…ぁ…」

枕を握っていた手が堅く拳を結ぶ。

震える唇は閉じられることなく吐息《といき》と喘ぎを零《こぼ》す。

「や…ぁ…。は…」

彼の鼓動《こどう》が連動するように俺を締め付け俺のと重なる。

キツイのは入口だけだった。

内側は思っていたよりも緩《ゆる》やかで、熱く、ジェルなど使わなくても濡れていた。

「小林…」

もう簡単には抜けないと思えるところまで挿《さ》し入れてから、穴を広げていた手を離す。

一方を胸に、一方を前に伸ばし、彼を高める。

「だめ…、触らない…で…」

乳首は、弾力がある肉芽《にくが》だった。

指で玩《もてあそ》ぶだけでも、愉《たの》しかった。

「どっち?」

けれど彼にとって辛いのは、はちきれんばかりに張った前の方だった。

「…下…、もう…」

時間をかけて愛撫していたから限界だったのだろう。ここか、というように握ると、あっという間に彼は背をのけ反らせて果てた。

「…ああ…っ!」

自分の手に、小林のものが零れてくる。

俺でイッたなという感慨《かんがい》に浸《ひた》る前に、射精《しゃせい》して緩んだ肉を突き上げた。

「あ…、あ…、あ、あ、あ…」

今度こそ本当に、こいつは俺のものだ。

誰にも渡さない、俺だけのものなんだと思いながら、何度も何度も。

「や…なる…っ」

自分の中の熱いものが弾けるまで…。

「小林…」

「それを読み終わったらこれとこれにサインを。あ、こっちは判子《はんこ》もお願いします」

リビングの上に積まれた書類に目を通していた俺は、小林のその言葉にうんざりした。

「まだあるのかよ。さっき五枚もサインしただろ」

「すみません、あとこれだけ」

英文で書かれた書類は、俺には全くわからず、わざわざ彼が和訳《わやく》したものを持ってきてくれていたが、もうそれを読むのも面倒だった。

「もういい。お前は全部チェックしたんだろ。だったらこんなもの読まなくてもサインしてやるから貸せ」

「あ、ダメですよ鳴海さん」

俺はペンを取ると揃えられていた紙に片《かた》っ端《ぱし》からサインした。

「ほら、これでいいだろ」

「判子が抜けてます、最後の」

「…貸せ」

結果から言うと、俺はオーディションに合格した。

ヒイキはしていませんという小林の言葉を聞くまでもなく、文句ナシの実力で勝ち取った。

男で合格したのは予定通り五人。それぞれのデザイナーが選んだ個性豊かなモデルだ。そして
もちろん、俺を選んだのはスミス・K・セール、小林だった。

ちなみに、その五人の中に若林はいなかった。ザマアミロだ。

ここから先の俺の仕事は殆どが『ウィザード・ハート』のものだけとなる。スケジュールは先
に受けていたもの以外全て、『ウィザード・ハート』で占《し》められる。

だからこそのこの山の様な契約書というわけだ。

「本来なら、弁護士《べんごし》かエージェントが立ち会いするものなんですが…」

「俺に顧問《こもん》弁護士なんかいねぇよ。それとも、お前は俺がチェックしなきゃならないような契約
をさせる気か？」

この書類を挟んで向かい合うべきは、『ウィザード・ハート』の社長室のはずだった。だが俺
が面倒だと言ったので、俺のマンションのリビングでの契約手続きだ。

けれど単に面倒だったからではない。

ちゃんと考えがあって、こいつを呼び付けたのだ。

「ボビーや、ジムも、あなたのこと、褒めてましたよ」

「誰？　それ」

「…うちの他のデザイナーです。カメラテストの時のパフォーマンスに色気があったって」

「当然だろ、お前のためにやったんだから」

「時々貸して欲しいって言われたんですけど、…他の人のモデルも兼任《けんにん》してみますか？」

「お前がそれを望むなら、してやってもいいぜ」

真面目すかした顔を見てにやっと笑うと、すぐに小林の本音が出る。

独占欲がありますって本音が。

「…嫌です。鳴海さんは私だけのモデルでいて欲しいです」

「恋人と仕事は別だろ？」

「それでも、です。私はそんなに器用じゃないので、あなたが他の人に触られてるのを仕事だからと割り切れる自信がありません」

「じゃ、やらない」

「…ありがとうございます」

「ああ、そうだ。さっきの契約書の一番重要なの渡せよ」

「重要なの？」

「追加の契約条件があるんだ」

「何でしょう？　ギャランティのことだと、一旦会社に持ち帰って相談しないと…」

「そんなんじゃない」

「じゃ何です？」

不安そうな顔で見上げる小林を、またからかいたいという気持ちが湧いたが、そこはグッと堪えて望みを口にした。

「デザイナーは、モデルが拒否《きょひ》するまで同居すること、だ」

どうせホテル住まいなんだろ？

だったら俺のところへ来いよ。

「仕事が始まれば朝から晩まで一緒ってわけにはいかないだろうからな、せめて同じところに帰ってこられるようにしたい」

「…鳴海さん」

俺を見ていろ。

俺を追っていろ。

俺を好きでいろ。

「ここじゃ狭いなら、今回の契約金で新しいマンションに移ってもいいぜ？」

「いいえ、ここがいいです。ずっと一緒に過ごしたここがいいです」

そうしたら俺はお前の望みを叶えてやる。

「じゃ、契約書に書いとけ。俺は英語が上手くないから」

「はい」

そうしたら、必ず最後にこう言って安心させてやる。

「好きだぜ、小林」

俺はもうお前のものだと降伏《こうふく》する代わりに…。

あとがき

皆様、初めまして、もしくはお久しぶりです。火崎 勇です。

この度は、「最後に好きと言ってやる」をお手にとっていただき、誠にありがとうございます。

イラスト街子《まちこ》マドカ様、素敵なイラストありがとうございます。担当のO様、色々ありがとうございます。原稿中、色々トラブルがありまして、お二人にはご迷惑《めいわく》をお掛け致しました。この場を借りて深くお詫《わ》び申し上げます。ごめんなさい…。

さて、このお話、いかがでしたでしょうか？

鳴海《なるみ》は根性あるけど意欲がない感じの俺様で、小林《こばやし》は小動物だけど仕事に忠実な男。そんな二人がまとまったからには、これから仕事でもバッチリ上手くいくでしょう。

ただ、小林には地位と名声があるので、自分だけのものと思っていると、独占欲《どくせんよく》の強い鳴海は色々ヤキモチ焼くこともあるかも。

たとえば小林が、同じデザイナーとか、別のモデルとかからちょっかい出される。

元々小林狙《ねら》いだったのに、横合いから来た鳴海に攫《さら》われたことを知ったそのライバルに、敵意剥《む》き出しで戦いを挑《いど》まれる。

もう恋人なんだからと最初は安心していても、仕事を持ち出されると相手に委《ゆだ》ねなければならない時もあってやきもきしてしまう。

もちろん小林の心は一つですが、『あいつより俺のがいいんだろ』とアピールせずにはいられなくなり、ライバルにケンカ売ったりして。もちろん最後には小林が『誰が何と言おうと、私が好きな人は一人です』と相手にきっぱり言ってくれてほっと一安心なのでしょうが。

一方、鳴海狙いの人間が出て来たらどうなるんでしょう？

…まあ鳴海がいい気になるだけですよね（笑）。

普段は好かれることも面倒《めんどう》だと思うような男ですが、小林が自分のために必死になってくれるのが可愛《かわい》くて仕方がない。

「鳴海さんはモテるから心配なんです」とか言われると、にんまりと笑って「だとしても俺が選んだのはお前だ。俺が信じられないのか？」とか強気なセリフを口にしそうです。

一番面白《おもしろ》いのは、小林が尊敬《そんけい》する先輩デザイナーとかが出て来た時？

ちょっと素敵なおじ様タイプで、小林には鳴海狙いに、鳴海には小林狙いに見えて、しかも文句をつけても正論で押さえ込まれる。

二人共疑心暗鬼《ぎしんあんき》になってるところを引っ掻《か》き回されたりして。結果は…、秘密です（笑）。

それでは時間となりました。また会う日まで、皆様御機嫌《ごきげん》好う。

もえぎ文庫をお買い上げ頂き、ありがとうございます。
この作品を読んでのご意見・ご感想をお待ちしております。

【宛先】〒141-8412　東京都品川区西五反田2-11-8-17F
（株）学研パブリッシング「もえぎ文庫編集部」

最後に好きと言ってやる

著者：火崎 勇　イラスト：街子マドカ

2011年11月29日第1刷発行

発行人　脇谷典利
編集人　中路 靖
総括編集長　近藤一彦
編集　鈴木洋名

発行所　株式会社　学研パブリッシング
〒141-8412　東京都品川区西五反田2-11-8

発売元　株式会社　学研マーケティング
〒141-8415　東京都品川区西五反田2-11-8

企画編集　ひまわり編集事務所
本文デザイン　企画室ミクロ
印刷・製本　図書印刷株式会社

★ご購入・ご注文はお近くの書店様にお願い致します。

★この本に関するお問い合わせは、次のところにお願い致します。
〈電話の場合〉
●編集内容については〔編集部直通〕03-6431-1499
●不良品（乱丁・落丁）については〔販売部直通〕03-6431-1201
〈文書の場合〉
〒141-8418　東京都品川区西五反田2-11-8　学研お客様センター
「もえぎ文庫　最後に好きと言ってやる」係

★この本以外の学研商品に関するお問い合わせは下記まで。
電話　03-6431-1002（学研お客様センター）

●もえぎ文庫のホームページ　http://gakken-publishing.jp/moegi/
